「女の勘」はなぜ鋭いのか

赤羽建美
Akabane Tatsumi

PHP新書

まえがき

女の勘は鋭い。

これは古くから言われてきたことだが、果たして単なる俗説にすぎないのか？　あながちそうとは言いきれないとわたしは思う。それは俗説どころかきちんと説明のつく、女性たちに共通の特徴だといえるだろう。もっと極端にいえば、勘の鋭さこそが女性たる所以《ゆえん》なのである。

女の勘の鋭さを示す実例として、必ずといっていいほど引き合いに出されるのが、男の浮気を見破るケース。

夫が外で女性と浮気をして家に帰ってくる。もちろん、夫は何食わぬ顔をしているのだが、妻は夫が浮気を隠していることを直感的に見抜いてしまう。こうして、ほとんどの場合、見破られまいとする夫の努力も空《むな》しく、浮気が妻にあっさりとばれてしまう。

どうして女性たちは、そんなに勘が鋭いのだろうか？　自分自身が興味をもったこの問いかけに対する答えを見つけるために、わたしは本書を書こうと思い立った。そして、彼女たちの勘の鋭さに関心をもった理由の一つが、わたしのこれまでの経歴にある事実にも少しだけふれておきたい。

わたしは二十代から四十代にかけて、主婦向け雑誌、若い女性向け雑誌、そして十代の少女向け雑誌の編集者を務めてきた。そして、出版社を辞めてフリーランスの物書きとなってから現在まで、女性向けの自己啓発書を数多く書いてきた。雑誌編集者のときは女性たちが興味をもつ企画を考え、物書きになってからは彼女たちに受け入れられる内容と文章を工夫してきた。

そうした経験からわたしは、女性たちのものの考え方の本質的な部分を知った。それは、物事を極めてシンプルに、男よりもはるかにシンプルに考えることだ。さらに、そのシンプルさが、彼女たちに共通の勘の鋭さを生んでいるのだとも気づいたのだった。だから本書は、仕事の対象として長年女性を見てきたわたしにとって、集大成の意味をもつといっていいだろう。

ついでに記しておくと、本書には実用書的な工夫もこらしてみた。読者のためになるよう、女性に対するときのアドバイスを各項目の最後につけた。それも含めて、本書があなたのお役に立つことが、わたしにとって大いなる喜びであるのはいうまでもない。

二〇〇八年五月

赤羽建美

目次

「女の勘」はなぜ鋭いのか

第1章 「女の勘」が鋭いホントの理由

ふだんは言ってもそろえないのに…？
私の分まで……
ビシッ

第2章

女性は自分自身をどう思っているのか

第3章 女性は男に何を求めているのか

僕がまちがってました!!!
謝るが勝ち

第4章 男が「女の勘」から学ぶべきものとは

イラスト――桂 早眞花
編集協力――湊 美穂

第1章

「女の勘」が鋭いホントの理由

男の嘘は女にばれるが、女の嘘は男にばれない

女性が男の嘘を見抜くのは、言うまでもなく女性特有の勘が働くからだろう。勘とは五感では感じ取れないものをとらえる直感的な能力のことだが、女性の勘は男に比べてすこぶる発達しているようだ。

女性は男のいつもとは違う仕草や顔つきから、「この人は嘘をついている」と素早く察知する。口元が歪んでいるとか、目に落ち着きがないとか……。とくに、自分の夫や恋人の変化は敏感に感じ取り、つぎつぎに新しい推論を立てていく。こんな高度な情報処理能力は、ほとんどの男には備わっていない。いや、男からしてみると、女性のそれは超人的ともいえる能力なのである。

こうした男女差はいったいどこからくるのだろうか。結論から言ってしまうと、情報に敏感な女性の特質に理由があるように思える。

女性たちは流行に遅れまいと常に最新情報に注意を傾けている。同じように、目の前にいる自分のカレや夫の最新情報を見逃すまいと、態度、仕草、表情、ものの言い方に注意を傾けているのだ。

たとえ数分前まで「この男性《ひと》は誠実な人だ」と思っていたとしても、女性はそれに縛られたりはしない。男なら「誠実な男だから嘘はつかない」と思って疑惑などまったくもたないが、女性は勘がとらえた最新情報を大切にする。そして、過去の情報を最新情報へとどんどん書き換えていくのである。つまり、数分前まで「誠実な男性」だと思っていた人も、嘘をついていると見破った数分後には「不誠実な男性」へと変わってしまうのである。

わたしが出版社に勤めていたころのこと。同僚の男がある自慢話をした。彼は話をしてみると物知りでなかなか面白味のある男なのだが、年齢より少し老《ふ》けて見え、独身なのにどこか生活にくたびれたような雰囲気があった。黙しているといかにも冴《さ》えない風体の男なのだ。その彼が取材の合間に時間ができたので喫茶店で原稿を読んでいたら、いきなり若い女性から声をかけられ、すっかり意気投合してしまい、デートの約束までしたというのだ。しかも、その女性は吉永小百合似の清楚な美人だという。

後から考えると、あまりにできすぎた話に、「本当かな？」という疑いがわたしの頭をよぎったように思うのだが、一瞬のことだったので気にも留めず、その話を鵜呑《うの》みにした。実はもう一人、一緒に話を聞いていた男がいた。その男もやはり同じように、疑いの目を向けることはなくただ相づちを打った。

ところが、たまたまその現場に居合わせた人間がいて、しばらくたってそれが嘘だったことが発覚した。

彼は原稿を読むのに夢中になっていて伝票がテーブルから落ちたことに気づかず、それを隣に座っていた女性が拾ってくれ二、三、言葉を交わしたが、そこに待ち合わせの相手がやって来て、すぐに喫茶店を出ていったのだという。ただ、清楚な美人という部分は本当だった。美人から声をかけられるなどという心ときめくような出来事にはめったに出合えるものではない。もしかしたら彼は一目惚れをしたのだろうか。待ち合わせの相手があと十分遅れて来てくれれば、連絡先を聞き出すチャンスがあったのではないかなどと、何度も思い返しているうちに、あんなつくり話ができあがってしまったのかもしれない。

とにかく、彼の嘘をわれわれ男は看破することができなかった。それは、わたしたちがその同僚の話し方や表情を日頃から細かく観察していなかったからだろう。また、その男が普段からつくり話をするような男ではなかったということもある。この例からもわかるとおり、男は嘘に対してかなり鈍感だといえる。

しかし、この話を聞いたのが女性なら、きっとその場で嘘を見破っていたにちがいない。女性は最新情報に敏感なだけでなく、そもそも人の心を読むのがうまい。

一般に親は女の子に甘い。だから、女性は子供のころから自分のわがままを通すために、自然に人の心を読む訓練を積んでいる。つまり、相手の顔色、心の動きを的確にとらえて、絶妙なタイミングで話を切り出す。こうした訓練を重ねてきたわけだ。

一方、わたしたち男の多くは、目の前にいる相手の表情や態度から相手の本心を見抜くという訓練をしたことなど、生まれてこのかた一度もない。しかも何かに夢中になると、まわりのことなどまったく目に入らなくなってしまう傾向がある。そのため、人の心の動きなどおかまいなしに、話に熱中してしまって顰蹙《ひんしゅく》を買うこともしばしば生じる。

しかし、女性は違う。彼女たちは話に夢中になっているときでも、かなり鋭い観察眼を働かせている。女性にじっと見つめられると、男は「もしかして自分に気があるのかも」などと、ついうぬぼれてしまうが、現実にはそんな甘い話はまずない。

彼女たちはあなたを冷静な目で観察している。あなたの表情から本心を読み取ろうとしている。もしかしたら、あなたの男としての価値を値踏みしているのかもしれない。

同性である男にさえ簡単にだまされてしまう男たちは、女性にはもっと簡単にだまされる。女が男をだまそうとするときも、女の勘が機能している。この男には嘘をついたほうが得だという勘が。これは女性に対する悪口ではない。彼女たちの勘の鋭さについて説明しているだけ。

男が嘘をつくときは、べらべらしゃべるとき。

女が嘘をつくときは、黙っているとき。

そう思ってまず間違いない。女性はおしゃべりだが、彼女たちがべらべらしゃべるのはどうでもいいような内容であって、肝心なことにはかたく口を閉ざす。男はやましいことを隠そうと余計なことをしゃべるから、嘘がばれてしまう。普段あまりしゃべらない男も、嘘をつくときはなぜかおしゃべりになる。われながら滑稽《こっけい》な気もするが、わたしたち男には確かにそういうところがある。逆に、女性は語らずにいることで、男をだますのだからずるい。

男の嘘には必ず言い訳がつく。

女の嘘にはいっさいそういうものがない。

肝心な部分にふれないだけだから、嘘をついているわけではない。これが女性たちの言い分だが、男からすればそれもまた立派な嘘である。

たとえば、女性が元カレに街でばったり出会い、誘われてお茶を飲んだとしよう。一度は好きになってつき合った相手である。話をすれば懐かしく、心ときめく瞬間もあるだろう。しかし、今のカレの前でそんなことはおくびにも出さない。気配さえ感じさせない。もしかしたら現在進行中のカレの前では、過去につき合った男性のことを一時的に記憶の中から消去してしまえるという特技をもっているのかもしれない。

自分を守るための嘘。女性たちの嘘のほとんどはそれだと思っていい。いずれにしても、女性たちの嘘には自己防衛本能が関係しているといっていい。

Advice to Men

相手の目を見て嘘をつけるようになったら一人前。余計なことは口にせず、堂々としていれば嘘がばれることはない。

いい女風なのに、キティちゃんが好きなわけ

ある若い男がわたしにこう尋ねた。

「女性って、大人の女が理想だとか言ってるのに、どうしてキティちゃんを好きなんて言うんでしょうか？　矛盾してる気がするんですが」

彼の疑問はもっともである。「大人の女」を目指している人が、まさかキティちゃんに興味を示すことはないだろう。わたしたち男はそう思う。

しかし、女性たちは違う。高そうなブランドの服を着ている女性が、携帯電話のストラップにキティちゃんの人形をぶら下げている。あるいは、キティちゃんの絵のついたダイアリーを使っている。男から見たら、彼女たちのしていることはちぐはぐとしか思えない。また、キティちゃんのキャラクターグッズを身につけていない女性であっても、キティちゃんが嫌いなわけではない。キティちゃんグッズを見れば、「かわいい」と目を細める。

これは、なんとも理解しがたい習性ではないか。

わたしは若い彼にこう答えた。

「女っていうのは、興味の幅がめちゃくちゃ広いんだ。男に比べるとずっと」

「そうですか。でも、統一感がないと思います。アンバランスというか」

「そこが女性の女性たる所以なんだ。彼女にとっては自分がかわいいと思えるものは、全部同じ価値をもっている。つまり、高級ブランドのジャケットであっても気に入れば、女性にとっては『かわいい』ということになる。キティちゃんも同じわけだ」

「トータル・バランスとかを考えないんですね」

「いや、女性の気持ちの中では、バランスがとれているんだよ。融通がきくというか柔軟性があるというか……」

「男よりも頭がやわらかいという意味ですか」

「まあ、そういうことになるな」

「確かに頑固なやつは男のほうに多いですよね」

彼はそう言って納得した。

女性の勘が鋭いことと興味の幅が広いこととは、実は密接な関係がある。その関係について述べるためには、一つしておかなければならないことがある。それは、女性たちが見たり聞いたりした瞬間に心に思い浮かべることを具体的な言葉で表現してみること。女性たちが心で感じていることを口に出したらどんなふうになるのか。以下にその一部を列挙してみよう。


「かわいい」

「気持ち悪い」

「気持ちいい」

「きれい」

「素敵」

「ヘン」

「好き」

「嫌い」

など。


このように、女性たちは自分のフィーリングに照らし合わせ、瞬時に物事を断定してしまうのである。これは、普段から多くのことに興味をもっているからにほかならない。ブランドもののジャケットの素材とデザインをいいと言えるのは、あちこちのブティックに行き、数多くのブランドを見ているからだ。地元の商店街の洋品店から都心の有名店まで、女性たちは貪欲に見て回る。キャラクターグッズもキティちゃんのものにかぎらず、いろいろなキャラクターものを見て回り、実際に手にしてみる。こうしてウインドーショッピングに明け暮れながら、無意識に感覚を磨いている。

そのうえ、女性たちの興味は多ジャンルにわたっている。ジャンルの垣根などないと言ってもいい。女性は、高級ブランドであろうとキティちゃんであろうと、自然に受け入れることのできる大きな器をもっている。そして、高級ブランドのものとそうでないものを組み合わせる（コーディネートする）のも、女性たちは上手である。常日頃ありとあらゆる事柄に関心をもっている女性たちは、高級だからといって分け隔てしないからである。お笑いのライブも格闘技もバレエの『白鳥の湖』も、全部見に行ってしまうのが女性たちだと言ってい い。

しかし、あくまでも知っているだけであって研究しているわけではない。勘を養うのに必要なのは、専門的な知識の掘り下げではない。一つのジャンルについての蘊蓄《うんちく》などいらない。広く浅くでいいのだ。深い知識がなくても、「これはいい」「これは悪い」と言えるのが勘なのだから。

そして忘れてならないのは、勘は物事の本質を瞬時につかむものであるという事実。

そう、もうおわかりだろう。物事の本質は専門家にならなくても、勘を働かせればわかるのである。

Advice to Men

勘は物事の本質を鋭くつく。物事の本質をつかむためには、女性たちのように多くのことに興味をもち、勘を磨くことがなによりも大切なのである。

女性誌から占いの記事がなくなることはない

女性の占い好きを知らない男はいないだろう。女性向けの雑誌には必ず占いのページがあり、占い関係の単行本も書店には数多く並んでいる。とにかく、占いへの興味は男に比べ数倍、いや数十倍も優《まさ》っているといえる。

結婚や就職といった人生の岐路《きろ》に立ったときには、自分の将来を見据えてきわめて現実的な選択をするのが女性なのだが、その一方で、占いのような根拠のないものをあれほど気にするのだから、なんだか滑稽にも思える。

男の場合はどちらかというと、未来よりも現在への関心が強い。将来にも目を向け目標をもつが、関心はもっぱら現在に向かっている。つまり、目標を実現するために今やらなければならないことが目下《もつか》の急務であり、将来の目標とは一定の距離をおいているのである。今できることを一つずつやり遂げることで、希望に満ちた未来が生まれる。男は普通そう考える。

これを「現実的」というなら、男はいかにも現実的な生き物だといえる。

しかし、女性はある意味、もっと現実的だといえるだろう。ある意味といったのは、男と女の見ている「現実」は、まったく別の次元のものといえるから。

すでに述べたように、女性は視野が広く多くのことに興味をもつ。そして、自分の好きなものを身のまわりに集め、心地よい環境をつくることで「幸せ」を実感するのではないだろうか。その幸せな環境をつくるために、女性は現実を見ている。

つまり、男は遠くにある将来の夢を実現するために現実を見つめ、女性はすぐに手に入る小さな幸せをつかむために現実を見ているのである。そして、心地よい環境を手に入れると、つかんだ幸せを守るため、女性はどんな小さな異変をも見落とすまいと目を光らせる。

こう考えていくと、女性がなぜあれほど占いを気にするのかがわかるような気がする。

女性が見ている現実は、あくまでも現在の心地よさという視点に立ったものだから、未来へとつながる架け橋がない。だから、自らの将来像を描くことができない。そこで、気になる将来を占いに託すのではないだろうか。

ところで、占いと女性の勘はどう結びつくのだろうか。それには絵が深く関係している。

女性は、いつも頭の中に絵を描きながら思考している。想像を具現化するのが得意なのである。いや、想像を絵にして思考しているのではなく、思考するよりも先に絵が浮かんでくるのかもしれない。理想のカレの姿形やその男性との出会いの場面、着たい服、好きな食べ物など、女性の頭の中には自分が関心のある事柄についてのさまざまな絵がひしめきあっている。そこにあるのは、数式とか公式とか論理ではない。頭の中に浮かんだことが一瞬にして像を結び、絵となる。女性は生まれついての画家。そう言ってもいいだろう。

このように、時間をかけて結論へと導かれる論理的な思考よりも、頭に描いた絵を見て瞬時に判断を下す直感型の思考が得意なのである。だから、女性は勘が鋭い。

好みの男性はと聞かれた多くの女性が「優しい人」と答えるのは、無難な答え方を身につけているからであって、実際に頭の中に思い浮かべているのは、その男の考え方や包容力といったものではなく姿形である。しかし、容姿を重んじるような答えをしては、いかにも頭が悪い、あるいは子供っぽいと思われやしないだろうか。そう考えて、何か適当な答えはないかと探っていった結果、行き着くのが「優しい人」という表現なのである。だから、それは何も答えていないのと同じなのだ。

ここでわたしが言いたいのは、女性は好きなタイプの男性について具体的な答えをもっていないということではなく、理想の男性像を絵として描いているということ。

占いとは、自分以外の人間、つまり占い師が自分の未来の姿を絵にして見せてくれることだといえるだろう。そんな占いに親しんでいるうちに、自らの力で未来の自分の姿を絵にして自分で自分を占うようになる。もちろんその場合でも、占い師の意見を決して無視はしない。それは、野球好きの男が草野球の試合で自らプレーを楽しむだけでなく、プロ野球の試合も熱心に観戦するのと同じである。

男だって自分の未来を考えるが、女性たちのように具体的な絵を思い浮かべることはない。「何十年後かには役員になっているかもしれない」と思うビジネスマンはいるだろう。しかしかし、役員室の椅子に座っている自分の姿を絵としてはっきりと描くだろうか。そういう絵は浮かんではこないのが普通だろう。わたしは出版社に編集者として勤めていた当時、なんとなく将来雑誌の編集長になりたいと思っていた。思ってはいたが、編集長として仕事をしている場面を具体的に想像したことはなかったし、どんな光景になるのか絵にしようとしても、きっとできなかったと思う。

しかし、女性ならそれを苦もなくやってのけるだろう。

では、女性たちは具体的にどんなふうに自分の未来を占っているのだろうか？　占いにどっぷりはまりこんでいる人は、タロットやトランプといった占いの道具を使うかもしれない。しかし、多くの女性は道具に頼らず将来を占う。道具を使おうが使うまいが、最終的な結論は未来の自分の姿を頭の中にはっきり描けるかどうかで決まる。五年後に今いるオフィスで働いている自分の姿を絵として描けるかどうか。いくら想像してもその絵が浮かんでこないようなら、その会社を辞めていることになる。恋愛中の女性なら、相手の男性の妻となった自分の姿を絵として描けるかどうか。その絵の輪郭がはっきりしないようなら、カレとの結婚は期待しないほうがいいと結論を出す。

また、まったく別の絵が頭の中に浮かぶこともある。今の会社とは違う仕事場で働いている自分の姿。違うタイプの男性とつき合っている自分……。

あなたも自分が女性になったつもりで考えてほしい。すると、未来の自分の絵を描くのはさぞかし楽しいだろうと思えてくる。なにしろ、今よりもずっと夢のある環境にいる自分を描けるのだから。「願いは思えば叶う」と言ったのは、アメリカのロックシンガー、マドンナだが、彼女もまた未来の自分の姿を絵として描いていたにちがいない。

こう考えると、女性たちは日々、「成功したいのなら成功した自分の姿を思い浮かべろ」というイメージトレーニングを積んでいるともいえる。

脳トレ（脳力トレーニング）によって人の脳力は高まる。未来像を頭の中に描くことを習慣にすると、大脳の未来を読む機能が発達する。そして、何度も何度も自分で自分を占っているうちに、女性は正確な絵の描き方を習得する。

こうして知らず知らずのうちに未来予測トレーニングを積み、女性の勘が当たる確率はどんどん高くなっていく。最初は暇つぶしに読んでいた占いのページのおかげで、勘に磨きがかかりいっそう冴えるといった具合に、女性は男が知らない間にずいぶんと得な経験をしている。

Advice to Men

女性は無意識のうちに未来予測脳力を高め、勘に磨きをかけている。とくに占い好きの女性ほど勘が鋭い。

「偉い、偉くない」で、男の価値を判断しない

仕事で会った初対面の女性に名刺を渡したとき、男はこう思う。これで彼女に俺という人間が何者かが伝わったにちがいない、と。名刺には会社名と連絡先、それに肩書きが書かれている。肩書きの会社での役職が部長クラスであれば、相手の女性はこの自分に一目おくだろう、とまで考えるかもしれない。

しかし、それはとんでもない思い違いである。なぜなら、女性は名刺の肩書きよりも、自分の目で確認した情報を信じるからだ。

ひと昔前、たしかバブルに世の中が浮かれていたころだったように思うが、そんな時代に「三高」という言葉がはやった。明治時代には三高といえば「高志、高徳、高潔」を指したのだが、ひと昔前の三高は、「高学歴、高収入、高身長」を指す。つまり、当時多くの女性たちが理想とした結婚相手の条件を指しているのだが、これらをものさしにして結婚相手を

決めることに対する軽蔑の声も多かった。そこで、女性たちは大いなる転換を図った。

心理学者、小倉千加子によると、現代の女性たちの結婚相手の条件は３Ｃだそうだ。

３ＣとはComfortable, Communicative, Cooperativeのことで、Comfortableはある程度の生活レベルが保てる収入のことを指す。それは、おおよそ年収にして七〇〇万円以上だという。続くCommunicativeは、コミュニケーションを図れる相手であることを指す。趣味や価値観が同じ、あるいは似ているということらしい。そして、最後のCooperativeとは、家事や育児に積極的に参加してくれる協力的な相手を指す。

このように現代の女性は、肩書きよりもその男性の人となりを重視しているのである。もちろん、結婚相手ともなると、ちゃっかり一定の生活水準を守れることも条件に入れているのだが……。

かつて男は「女子供は黙っていろ」とよく言ったものだが、現代では女性を子供と一緒くたにして扱おうものなら、それこそ女性は黙ってはいない。言葉にしなくても「女子供」という言葉を頭に浮かべた途端に、女性からそのことを見抜かれてしまう。「この人はわたしを子供並みの頭脳しかもっていないと思っているのかしら、女性を低く見ているわ」と。

余談だが、子供も女性と同じように、実は大人のことをよく観察している。そうして大人の内面を見抜いてしまう。そういう点では「女子供」という言葉は、正しいのかもしれない。女性と子供は侮《あなど》れない。

話を本筋に戻そう。

初対面の女性に名刺を渡して、肩書きを知れば相手は自分を尊敬するだろうなどと思っているような男を、女性は「くだらない男」と一刀両断にする。そう、肩書きにふんぞり返っているような男は、女性にとっては取るに足らないつまらない男でしかない。女性たちにとっては肩書きよりも、どういう人間性をもった男かが重要なのである。たとえ相手と仕事だけの関係であっても、やはり女性はそこのところに注意を向ける。

ところが、多くの男は人間性よりも肩書きを重視しているように思える。

男は名刺を交換すると、そこに書かれている相手の肩書きにまず目がいく。そうして、肩書きで相手がどんな人間なのか理解したつもりになる。実際には、肩書きだけで相手の人間性までがわかるわけはない。そんなことはごく当たり前で、理屈ではわかってはいるのだが、名刺を受け取るとどうしても相手の肩書きに目を奪われてしまう。

商取引の現場では人間性は二の次、仕事には直接関係ないと、ほとんどの男は思っている。ビジネスライクなつき合いなのだから、と。だから、肩書きさえわかれば充分なのである。

しかし、実際にビジネスライクに徹しているのは女性のほうである。女性たちは仕事相手の男の人間性を見抜いたとしても、仕事をしている最中にそのことをもちだすことはない。相手がどんな人間であろうと、仕事と割りきって事務的に仕事を進める。心の中でどう思っていようと、言葉遣いはていねいで礼儀も正しい。

だから、男はその女性に尊敬されているのだろうと錯覚する。女性もそこのところは、なかなかしたたかなのである。その男のことを陰ではぼろくそにけなしていようが、心の中では人間性に×印をつけていようが、ポーカーフェースを崩さない。たいした度胸である。

女性は初対面の男に会ったら、その人間性を測ろうとする。判断材料は、自分の目の前にいる男の存在だけだ。会社での地位は関係ない。

だから、まず相手の目を見る。自分は偉いのだという自尊心を常日頃からもっている男は、目にその気持ちが表れる。それを女性は見逃さない。肩書きが名刺だけでなく、その男自身にも貼りついている。そんな男を一目で見抜く。

接待ゴルフに一緒に行った女性は、キャディーに対する態度で男の人間性を看破する。ゴルフ場で、まるで自分の部下であるかのようにキャディーに命令する男は、彼の会社での地位がどんなに高くても、女性から見たら思いあがった最低の男でしかない。そういう男の目には、俺は偉いんだぞという傲慢《ごうまん》さがにじみ出ているにちがいない。

また、着ているものや髪型などの外見も、女性たちにとっては相手の男の判断材料となる。女性たちは外見からその男のセンスを見抜く。見た目の良し悪しの問題だけだとセンスを磨こうとしない男も多いが、実は見た目のセンスは生き方のセンスに通じている。そのことを女性たちは本能的に知っている。

スーツと調和のとれていない色のネクタイをしている男は、生き方にもバランスの悪いところがあると、女性は素早く察知する。

男の外見に表れた細かな情報から、どんな人間かを判断する能力を女性たちは備えている。それは男の嘘を見抜くのと同じ種類の能力である。だから、名刺に書かれた肩書きなど、彼女たちにとってビジネス以外ではたいした意味をもたないのである。

Advice to Men

生きるうえで肩書きはたいして役に立たない。夜のクラブのホステスなら肩書きがあればちやほやしてくれるかもしれないが、それはお金を使ってくれるからだ。つまり、ビジネスと割り切っているからにほかならない。

男の浮気チェックは女性に共通の得意技である

男の浮気はたちまちのうちにばれる。そう言い切ってしまってもいいくらいに、浮気を見破るときの女性の勘は冴えている。

そこで、浮気に気づくときに女性の勘がどう働くのかについて説明しよう。

Aさんの浮気が妻にばれたのは、ズボンのポケットにホテルのレシートが入っていたからだった。ホテルのレシートが見つかったのであれば、妻の勘が働いたわけではないと思うだろう。しかし、実際はそうではない。Aさんはそれまでの妻の行動からまさかポケットの中まで調べないだろうと考えていた。ところが、その日にかぎって妻はズボンのポケットに手を伸ばし、その中をチェックした。

ということは、ポケットにレシートがあったから浮気がばれたのではなく、妻が調べたくなる何かがAさんにあった。ここのところを注意しないと、浮気がばれる男は何度も同じ過ちをくり返す。つまり、レシートを捨ててもばれるものはばれる。このことをきちんと認識することが大事だ。問題なのは、証拠となるモノではない。

もちろん証拠物件が見つからないかぎり、しらを切り通すことはできるが、それでも黒い霧が深くたちこめ一触即発で雷鳴が轟《とどろ》き渡る状態になることはまちがいない。女性に疑わせる何か。それが問題であって、レシートなどはそのおまけにすぎない。

いつもと違う何か。そういうものがＡさんの態度に明らかに出ていた。だからといって、彼の態度が普段とそれほど大きく違っていたわけではない。違うのはほんの小さな何かだ。その小さな何かを男性自身はほとんど気に留めていない。ところが、女性はそれを鋭くキャッチする。

玄関に立ったときに、Ａさんは余計なことをしたのかもしれない。妻の様子を窺《うかが》い知ろうといつもより靴をていねいに脱いだとか、上着を妻に渡すときに彼女の匂いが残っていないか気になって一瞬手がわずかに止まったといったような……。

あるいは、Ａさんの表情に「してやったり」という気持ちが出ていたのかもしれない。いつもだったら何かいいことがあったとしても、それを表情に出したりはしない。ところがその夜は違っていた。情事がうまくいったのでＡさんの顔にはそこはかとない満足感が漂っていた。つい鼻歌まじりで風呂に入ったのかもしれない。だから、Aさんの妻は不審に思ったのだろう。

浮気の痕跡《こんせき》を隠そうとして、いつもと違う態度に出る男もいる。

普段は無口なのに急に饒舌《じょうぜつ》になったり、その反対もある。浮気相手の女性と別れた後すぐに帰ると気配で悟られるような気がして、普段は飲まない酒を飲んで時間を潰してから帰る男もいる。いずれもカモフラージュが目的なのだが、そういうことをするとその違和感がかえって妻の触角を刺激する。妻にわざわざ手がかりを与えてしまうようなものだ。

しかし女性は、こと浮気に関してなぜそれほど注意深くなれるのか。そこのところを考えてみたい。

浮気に敏感な原因のすべては、現状維持、安定志向、変化を好まないという、ほとんどの女性に共通の心情にある。

女性は太古の昔から家を守ってきた。男たちが外に出ている間、女たちは家にいて平穏な生活を守ることに専念してきた。女性が外に出て働く機会の多くなった現代においても、大昔からの女性たちの生活に対する考え方がＤＮＡとして受け継がれている。

このことは、男女の違いをテーマにしたベストセラー『話を聞かない男、地図が読めない

ふだんは言ってもそろえないのに…？
私の分まで…
ビシッ

女』（アラン・ピーズ＋バーバラ・ピーズ著、藤井留美訳、主婦の友社）の最初の章「同じ種《しゅ》なのにここまで違う？」でもふれられている。安定したマイホームを維持しようとする彼女たちの気持ちは、現代でも変わらない。既得権を守ろうとするなどというと役人みたいだが、女性たちも手に入れた権利をそうやすやすと手放しはしない。

女性たちにとって男の浮気は、安定した生活を脅《おびや》かすものでしかない。男がいくら「本気じゃない、遊びなんだ」と弁解したところで、女性には決して通用しない。どんな小さな火種にも大量の水をかけて完全に消火してしまわないと、女性は安心できないもの。

放浪癖のある人がいるとすると、その人の性別はほぼ間違いなく男である。一つ所に腰を据えて落ち着きたくない。それが男の性《さが》というものだ。通勤電車の車窓から流れる風景を眺めながら、このまま遠い場所に行けるものなら行ってしまいたいと夢想する。会社も家族も何もかも捨てて、どこか遠い土地で暮らしてみたい。あくまでも空想の域を出ないものなのだが、男なら一度や二度はそう思った経験があるにちがいない。

ところが、女性はそうは考えない。

日常から脱出したいという閉塞感を感じたとき、女性は旅に出ようと思う。ただし、旅といっても一泊二日の温泉旅行や、頑張ってもせいぜい海外旅行が関の山。ちょっと気分転換をして日頃のうさを晴らしたら、いつもの生活に戻りたいと考える。

　女性が好む変化は、髪を切るとか、部屋の模様替えをするとかといったものだ。いずれ元に戻る、あるいは戻せることが前提となっている。将来の絵を描けない「あてのない旅」といったものに夢を感じることはまずない。女性にとっては日々安定した暮らしを送ることが何にも代えがたい幸せなのである。

　こう考えると、女性が男の浮気に敏感な理由が見えてくる。女性にとって安定した暮らしは唯一無二の幸せであり、男の浮気はその幸せを木っ端微塵《こ ぱ み じん》にしてしまう危険がきわめて高いものだから、細心の注意を払って監視し、少しでも疑いがあれば早めに手を打ってそれを阻止したいと考えるのも無理はなかろう。

　男の浮気はたとえそれが遊びであっても、女性は大きな打撃を受ける。一時的に関係を修復したかに見えても、浮気をしたという事実はまちがいなく女性の心の中に小さな傷を残す。この傷は完全に癒えることがなく、小さなきっかけで再びパックリと口を開ける。

　女性は男が浮気をしたという事実を忘れることができない。あれほど心地よかった元の生活に戻ることはどうしてもできない。ただの遊びだから、切った髪が伸びて元の長さに戻るのと同じように、二人の関係も元に戻せる。男がどんなに説明しても、女性はそんな言葉には耳を貸さない。

浮気が発覚したら必ず一悶着ある。女性が理想とする平穏な暮らしの中にずかずかと踏み込んできて荒らしまわっていく憎き敵、それが男の浮気なのだから。

Advice to Men

浮気がばれたら二人の関係は決して元には戻らない。遊びだから許されるという考えは甘い。浮気をするなら絶対にばれない戦略を立ててから、覚悟をもって挑むしかない。

二人の記念日を絶対に忘れない女たち

女性は男よりもずっと正確に、記念日を覚えている。なぜなら、記念日こそが女性が最も好む変化だからだ。

女性の求める安定した生活は、ともすると退屈な毎日のくり返しになってしまう。その単調な日々から救い出してくれるのが「記念日」なのだ。だから、誕生日や結婚記念日はもちろん、何かにかこつけて記念日をつくりたがる。「二人が出会った日」「初めて喧嘩《けんか》をした日」「告白された日」など、何でも記念日にしてしまう。

こうして心の中で勝手につくりあげた記念日には、女性たちは一人でそのときの思い出に浸《ひた》ってくれるので実害はない。「覚えている？」と尋ねられることはあっても、その記念日を祝うことまではさすがに強制はしてこない。

しかし、結婚記念日や誕生日となると話は別である。

男が求めるのは、安定とは無縁のスリリングな変化だから、記念日を祝って食事をするなどという小さな変化にはほとんど興味がない。だから忘れる。そして女性から「えっ、忘れたの」とあきれられることになる。

男が記念日を忘れるからといって、女性の記憶力が男よりも優れていることにはならない。単に、男も女も自分の興味のあることに関してはよく覚えているというだけ。しかし、こんなことを女性に面と向かって言えば、「あなたは大切な二人の記念日に興味がないっていうの」と、激しく責め立てられるだろう。さらに追い打ちをかけるように、「記念日を忘れるのは、わたしに対する愛情が足りないからよ」などと断じられると、男には弁解の余地がなくなる。

しかしあえて言わせてもらうなら、物事の優先のさせ方が違うのである。

男は仕事を最優先に考える。もちろん例外的な男もいるだろう。しかし、そういう男は概して仕事ができない。目の前に仕事が山積みになっているのに結婚記念日のことで頭がいっぱいで気もそぞろ、時計ばかり気にしているような集中力のない男は仕事上で大きなポカをする。

多くの男の場合、彼女あるいは妻との記念日は、仕事をしている間はどうしても頭の隅のほうに追いやらざるを得ない。そこへ大きなトラブルでも発生しようものなら、記念日は頭の中からすっかり消えてなくなるのである。

ここのところが女性にはどうしても納得できないのだろう。わたしがこれほど楽しみにしている記念日をなぜいともたやすく失念してしまえるのか。怒りから発した推察は客観性を失い、さらに「わたしの楽しみを台なしにした」というエゴともいえるその思いだけが膨らみ、男をめがけてばく進する。その激しい怒りをもって「わたしと仕事とどちらが大切なの?」と問いつめられれば、男は答えに窮《きゆう》してしまう。そんな男の姿を見て、女性は愛情が足りないせいだと断じるのである。

女性はよく自分と仕事とを比べたがる。

しかし、男にとって仕事は生活の糧《かて》でもあり、ときには将来の夢を託すものでもある。一方の恋人あるいは妻は、共に支え合い心やすらぐ空間をつくりあげる相手だ。本来比べられないものではないか。それを比べて優先順位をつけろと迫るのはおかしい。

ここまで書いて、不可解な点があることに気づいた。

女性だって共稼ぎで働いているし、仕事の手を抜いているわけではない。仕事もちゃんとこなしているのに、プライベートな記念日もしっかり覚えている。

ここが男にはわからない。どうしてそんな器用なことが女性にはできるのだろうか。それは男女の仕事のやり方、さらには仕事に対する考え方の違いに起因しているのかもしれない。

わたしはこれまでたくさんの女性と仕事をしてきたが、女性は仕事を非常に事務的にこなしているように思える。ここでいう女性にはあらゆる職業の人たちが含まれる。会社に勤めている女性も、漫画家のようにフリーランスで仕事をしている女性も、どちらも同じように仕事の進め方が事務的なのだ。そして、プライベートを優先するようなことはせず、公私をきっちり分けている。

事務的であるのと公私を分けるのとは、実は深い関係がある。

事務的とは、言い換えると仕事に妙な思い入れをしないということだ。漫画家やデザイナーのようなクリエイティブな職業の女性でさえ、仕事にどっぷり浸《つ》かるようなことはしない。アイデアやデザインを生み出すことを仕事と割り切っている。「事務的」といっても、「適当に」やっているわけではない。女性たちは仕事を一生懸命にやるが、決して私生活を犠牲にしたりはしない。とくにカレがいたり結婚していたりする女性は、忙しくても相手といる時間を大切にする。

一方、男の場合、クリエイティブな仕事だろうが事務職だろうが、毎月決まったサラリーで暮らす会社勤めの人間だろうが、実力が勝負のフリーランスの人間だろうが、全身全霊をかけて仕事に取り組むことに変わりはない。四六時中仕事のことを考えているせいか、仕事と人生がごっちゃになって、明確な区別がついていないことが多いのである。

男は職業に関係なく、自分の仕事への思い入れが強い。そして、仕事への思い入れは記念日よりも優先順位の高いものなのだ。つけ加えておくと、記念日よりも仕事を優先しているだけで、決して恋人や妻より優先しているわけではない。

ところが女性は、男がもつような仕事への思い入れをあまりもたない。だから、仕事のことで頭がいっぱいになることは少ない。言い換えると、女性の頭の中には仕事以外のことが入り込む余地がたっぷり残されている。その残された余地をあまたの興味で埋めているわけだが、頭の切り替えは速い。その点、女性はある意味とてもスマートだ。一方、われわれ男はつい一つのことに没頭してしまいがちで、それが仕事であることが多い。

この切り替え上手なところもまた、女性の勘のよさに貢献している。素早い判断をくり返すことによって、直感的な判断力を要する勘にますます磨きがかかる。もともと勘がいいとはいえない男たちは、いつも仕事のことばかり考えていることによって思考のワンパターン化を招き、勘の鈍さに拍車がかかる。

仕事を仕事の面からしか見ることのできない男と、プライベートで興味の幅を広げ、その広い視野で仕事を多角的に見ることのできる女。別に女性に肩入れするわけではないが、この場合、どう考えても男のほうの分《ぶ》が悪い。

仕事に全力投球することを悪いとは言わないが、記念日を忘れないぐらいの気持ちの余裕があってもいいのかもしれない。

Advice to Men

思考のワンパターン化に陥らないためにも、仕事との距離を少しおいてみる。すると、女性といい関係を保つための勘どころがつかめるようになる。

昨日まではキャリアウーマン、今日からはいい女

わたしが初めて女性書を執筆したのは一九九〇年だから、今から十八年ほど前ということになる。『素敵勝手な恋愛マナー』（大和書房）という本で、タイトルから容易に想像がつくように、恋愛に関する実用的な要素のあるエッセイ本だった。それから今日に至るまでいろいろな女性書を手がけてきたが、それらの本を今改めてふり返ってみると、テーマが時代と共に変化しているのがよくわかる。さらに、最近は女性書といっても、わたしが書きはじめたころのように、おしゃれのことや恋愛のことだけ書けばいいというほど単純なものではなくなってきている。

初めての女性書『素敵勝手な恋愛マナー』は、女性が賢く恋愛をするためのマニュアル本だったが、次は男の恋愛観をテーマにしたものだった。女性たちが異性のことを知りたがったわけだ。何冊か出したが代表作として『男の恋ごころ』（一九九三年、実業之日本社）をあ

げておきたい。その次にテーマにしたのは、女性の仕事も含めたライフスタイルについてだった。『女のルール１００』（一九九五年、大和書房）という本が代表作で、女性たちは自分のキャリアにも関心をもちはじめたといえる。そして、人間関係が次のテーマとなる。『なぜか好かれる女性50のルール』（二〇〇〇年、三笠書房）が代表作で、上司や部下、同僚を含め、いろいろな人といかにすればうまくつき合っていくことができるのかに、女性たちの興味が移っていった。こうした変化の周期は大体四年ぐらいといえる。

そして今は、再び恋愛についての本が書店の女性書コーナーの多くを占めているのが目につく。ただ、現代の恋愛書はかつてのものとは書かれている視点が違う。昔の恋愛書は男性からのアプローチに対する対応の仕方をマニュアル化したものが多く、あくまでも女性の立場は受け身だった。しかし現代の恋愛書は、いかに男の気持ちを自分に向けさせるか、いかに上手に別れを切り出すかというように、女性主体で事を運ぶ方法が書かれている。

さてわたしがこんな話をもちだしたのは、女性たちは時代の空気を読むのに敏感だと言いたかったからだ。女性たちが時代を変えているのか時代が女性たちを変えているのか、鶏が先か卵が先かと同じでそこのところはよくわからないが、どちらにしても女性の生き方が時代そのものと密接にリンクしていることは間違いない。

「時代と寝た女」などというように、女性は時代に合った生き方をするために自分を容易に変えることができる。時代の空気が変わると、その変化を女性たちは素早くキャッチし、自分を変えていく。つまり、時代認識が鋭い。

時代には流行がある。流行といってもいわゆる洋服やアクセサリーなどの外見に関するものばかりではない。生き方にも流行があるのである。ただ、生き方については変化の周期が長い。洋服の流行みたいに短期間でつぎつぎに移り変わっていくわけではない。

「生き方の流行」などと言われてもすぐにはピンとこないかもしれないが、大雑把にいうと、女性の生き方の流行は「キャリアウーマン」から「いい女」へと変わってきた。

「キャリアウーマン」は、男に負けずにバリバリ仕事をこなし、会社の要職に就くような女性である。残業も休日出勤も厭《いと》わず、仕事の中に生きがいを見いだす。一方の「いい女」は、流行の洋服を着こなしアフターファイブを楽しむような女性である。仕事もできるが、仕事に埋没するようなことはせず、自分の時間を楽しむ余裕をもって生きている。

生き方の流行がそれまでの「キャリアウーマン」から「いい女」へと変わっていった理由を考えてみると、次のようなことがいえるのではないだろうか。

先ほど女性たちは時代認識が鋭いと言ったが、それは言い換えると現実認識といえる。

キャリアウーマンという言葉が流行した時代は、社会も働く女性に懸命にエールを送っていた。それ以前に比べて、女性を要職に就ける会社が増えたのも事実だろう。そしてその社会の期待に応えるべく、女性たちも頑張った。しかし、現実はそんなに甘くはない。誰でも頑張れば出世できるというわけではない。これは男女に関係なく、出世の階段を昇っていけるのはごく一握りの優秀な人間だけなのだ。このことに女性たちが気づきはじめた。

そうなると、女性にはそこまで仕事を頑張らなくても幸せになれるチャンスがある。結婚すればいい。結婚相手を見つけるには「キャリアウーマン」になるよりも「いい女」になったほうが近道だ。女性は現実をよく見ている。そして、躊躇《ちゅうちょ》しないで自分を変化させていく。女性は変わり身が速い。

「結局、結婚を選ぶのだとしたら、以前と何も変わっていないじゃないか」と、思う人もいるだろう。ところが、同じ結婚の道を選ぶにしても女性の考え方は大きく変わった。昔のように、条件のいい男性にプロポーズしてもらえるまでただ腕をこまぬいて待っていようとは考えていない。いい女になる努力をし、磨いた自分に見合う男性を捕まえようという女性の主体的な意志がそこにある。つけ加えておくならば、こういう女性は「女はかわいければいい」などと見た目ばかりを気にするような男は願い下げなのである。

さらに、女性の結婚適齢期は明らかに延びているのに、男は女性ほど延びていない。つまり、女性には以前のように「○△歳までに結婚しなければ行き遅れ」という意識がなくなっているが、男には「結婚して身をかためてこそ一人前、だから早く結婚しなければ」という固定観念が昔のままべったりと貼りついている。しかも四十歳までの未婚率は男のほうが圧倒的に高い。適齢期の違いもあるから単純に数字ははじき出せないが、適齢期の男性が女性よりかなり多いことはまちがいない。

つまり、女性は結婚しようと思えばいつでも相手を見つけられるが、男はそうはいかない。こうした現実をよく知っている女性たちには気持ちの余裕がある。いい出会いを見つけて最良の人を捕まえようと、じっくりと自分を磨いている。

男たちはそんな女性たちの深慮遠謀に考えが及ばない。

現実認識――、それもまた女性の勘の一つの形なのだ。

Advice to Men

女性は変化に敏感で変わり身が速い。固定観念から逃れられず保守的になりがちな男は、時代からも女性からも取り残される。

いい女ほど悪い男にだまされる

女性は勘が鋭いはずなのだが、なぜか悪い男には簡単にだまされる。何でも男の言いなりになり、なかには男に貢《みつ》いで貯金を使い果たしてしまう女性さえいる。女性としての魅力に磨きをかけ自信をもっているように見える女性でさえ、コロッとだまされることがある。いずれも男から突然別れを切り出されて、だまされたことに気づくのである。

女性がだまされるときには、女性の勘は少しも働いていない。つまり、女性の勘はいつも研ぎすまされているわけではないのである。

では、女性の勘が鈍くなるのはどういうときなのか。それは皮肉にも、女性が心地よいと感じているときだ。くり返しになるが、女性は心地よい環境をつくることで幸せを実感する。心地よいと感じることが男の何倍も好きなのである。

クラブのママが書いたある本にも、「いい男の条件は一緒にいて気持ちいい人だ」と書かれてあったし、実際に若い女性たちに同様の質問をしてみたところ、何人かから同じ答えが返ってきた。

そこで、「一緒にいて気持ちのいい人」とは、いったいどんな男のことを言っているのかを考えてみた。しかし、答えがなかなか見つからない。その答えは一つではないだろう。しかも、男が知り得るのは全体から見たらほんの一部でしかないのかもしれない。

とりあえず、わたし自身の数少ない体験から考えてみることにする。

わたしは若い女性からこんなことを言われたことがある。

「赤羽さんは、わたしを一人前の大人として認めてくれる」

当時二十代半ばだった彼女は、社会人として数年のキャリアを積んだ女性だった。しかし、小柄で童顔だったせいもあり、わたしと同年代の男たちは皆、彼女を子供扱いしていた。現場では後輩を指導する立場になったにもかかわらず、役職者が並ぶ会議の席では相手にされない。役職者たちが自分をかわいがってくれ、愛情ある温かい目で見てくれているのはわかっていた。しかし、その視線は仕事をする自分にではなく、女の子としての自分に注がれたものだ。だから、酒の席でも仕事の議論には参加させてもらえない。これでは後輩に対しても示しがつかない。彼女はまわりから一人前の大人と認めてもらおうと懸命に仕事をした。

しかし、どんなに頑張っても、半人前扱いをする男たちの目は変わらなかった。彼女はそのことに大きなストレスを感じていたのだろう。一人前の大人として見られたいという思いが強いから、彼女は仕事関係の人間たちのなかにいると、ヘマをしないようにいつも緊張を強いられていたとわたしに言った。

わたしは労働の対価として給料をもらう以上、プロ意識をもって仕事をすべきだと思っているから、どんなに年が若かろうが、仕事の未熟さをたしなめることはあっても、一緒に仕事をする人間を子供扱いすることはない。対等の立場で接し、意見にはきちんと耳を傾け参考にする。別に彼女におもねるつもりはなく、いつもそうしているだけだ。その態度に彼女があれほど喜ぶなど思いも寄らなかった。

わたしは残念なことに美男子ではない。背もそれほど高くはない。だから、外見からいうと「いい男」にはほど遠い。それでも、彼女はわたしといると心地よさを感じるようだった。自分で言うのも照れるが、もし一緒にいて気持ちのいい人が「いい男」の条件だとしたら、わたしもその範疇《はんちゅう》に入ることになるのである。

そういえば、仕事の愚痴や不平不満を聞いてあげたら、その女性から「赤羽さんといると安心する」と言われたこともある。わたしはただ話を聞いてあげただけで、アドバイスらしいアドバイスをしたわけでもないのに。ただ聞くだけという簡単な行為が、わたしと一緒にいて気持ちいいと彼女に感じさせた。自分の考えを押しつけるだけで、本人の言おうとしていることに耳を傾けない男が多いのかもしれない。

家庭で内紛が起こる危険を冒してまで、このような実例をあげたのは、「一緒にいて気持ちのいい男」というのは外見には関係ないと言いたかったからだ。

さて、本題に戻ろう。

自分を気持ちよくさせてくれる男といると、まるで催眠術をかけられたかのように、女性はその男の言うことを何でも聞く気になってしまう。幸せボケなどというが、心地よさに酔っているせいか勘もすこぶる鈍くなる。

女性をだまそうとたくらむ悪い男たちは、女性のこうした心のメカニズムを熟知していて、いとも簡単に女性の心を手玉にとる。せめて勘が正常に働いてくれればなんとか食い止めることもできるのだが、勘も心地よさと引き換えに機能しなくなっているから、女たらしの男からしたら女性を意のままに操るのはたやすい。

女性を気持ちよくさせるプロともいえるホストは、女性の扱い方が本当にうまい。身のこなしから話のもっていき方、そして女性に対する言葉の使い方にも年季が入っている。女性にただ親しげに気やすく話しかけているだけではない。ちゃんとポイントを押さえて話している。

たとえば、女性がしてくれたことに対して必ず「ありがとう」と声をかける。それがどんなに些細なことであっても、心を込めて「ありがとう」と伝える。こんな簡単なことで、女性は夢心地になる。

それなのに、この「ありがとう」を女性に素直に言える男は実に少ない。わたしもその一人なのだが、なぜだかわからないがすんなり口から出てこない。のどの辺りに引っかかった「ありがとう」をなんとか絞りだそうとしているうちに、タイミングを逸《いっ》してしまう。

それをホストは簡単に言えてしまうのだからすごい。ホストが悪い男だなんて言うつもりは毛頭ないが、彼らが女性たちの勘の働きを鈍くさせているのは間違いない。

Advice to Men

家庭のある人は、「ありがとう」と二〇回小声でくり返してから玄関の敷居をまたぐようにしよう。「ありがとう」を口癖にしてしまえば、家の中はもっと明るくなる。

第2章

女性は自分自身をどう思っているのか

女性が描く理想像は抽象画に近い

女の勘が鋭い理由を解明するには、男女の性差についてもう少しいろいろな角度から見てみる必要があるだろう。

まずは、自分の将来像について。

男女に関係なく、あこがれの人物がいたり、理想とする人物が実在しない場合も目標とする理想の人物像を頭の中で描いて、その人のようになりたいと考える人は多い。

女性はどんな女性像を理想としているのかを知りたくなったわたしは、何冊かの女性雑誌を繰ってみた。そのなかに「最前線の女たち」というタイトルで、有名無名を問わず五〇人に九つの質問をしているアンケート記事があり、「あなたにとって理想の女性像は？」という質問を見つけた。

その答えには、実在の人物の名前をあげている人もいるが、「恥じらいのある人」のような抽象的な答え方が圧倒的に多い。そこに出てくるキーワードを書き出してみよう。内面の美しさ、余裕、品、強さ、感性、信念、優しさ、自立、知的……など、さまざまな言葉が使われている。女性たちの価値観が多様化しているのだから、いろいろな言葉で語られるのは当然といえるかもしれない。しかし表現は違うが、内容を吟味してみると、ごく普通の当たり前のことを言っているだけで、個性がまったく感じられなかった。

そしてもう一つ気になったのは、言及しているのはあこがれの女性像の内面についてばかりだったこと。外見にふれている人は皆無といってよい。女性というのはこうまで内面にこだわるものだったのかと改めて驚いてしまった。わたしが普段接している女性たちとはちょっと違う……。もしこれほど内面に目を向ける女性ばかりであれば、女性週刊誌にはなぜあれほどたくさんのダイエット記事や美容整形の広告が掲載されているのだろうか。頭の中を疑問が駆けめぐる。

だいいち、先のアンケート記事に登場している有名タレントたちも、思いっきりめかし込んで写真に収まっているのである。そうやって外見を飾りたてた女性たちが内面について語ることが、男のわたしからするとなんともちぐはぐな気がする。

もちろん、そこに登場するタレントたちは、読者を惹きつけるために編集部が選んだわけだから、それなりの格好で登場してほしいというのは編集部の注文といえよう。人から見られるという職業柄、しかたがないという意見もあるだろう。しかし、話の内容と照らし合わせたときに、その容姿に違和感を感じてしまうことは否めない。

そのうえ、そのアンケートの答えの大部分が抽象的な言葉だけで表現されているため、具体的にどんな女性をイメージしているのかが、わたしには今一つピンとこない。つまり、女性たちがイメージするものは男には理解できない。男からするとつかみどころのない、いわば自己完結してしまっている世界を、女性たちは共有することができるのである。

多分、女性たちはあこがれの女性をイメージするときに、その女性がどんな男性とつき合っているのかあるいは妻であるのか、またはどんな上司の下にいるのかといったことを、具体的に現実に即して考えていないのだろう。「強い女性にあこがれる」と答えた場合も、強さとはいったい誰に対しての、あるいは何に対しての強さなのか、といったことを具体的にイメージしていないのではないだろうか。

女性たちのあこがれの像は、他者と何の関係ももたずにそこにぽんと放り出されているように思えてならない。女性が理想とする像は、あくまでも彼女の心の中を漂っているだけの存在で、男には入り込めない世界なのである。

たとえ実在の女性の名前をあげていても、実は同じなのだ。たとえマザー・テレサを理想の女性としてあげたとしても、彼女のように貧民救済活動に献身しようとは考えていないだろうし、人の役に立つようなことをライフワークとしていきたいと考えているわけでもなさそうなのである。テレビや雑誌でマザー・テレサの姿を見て、マザー・テレサの内面的な何かにあこがれを抱いたようなのだが、それが何なのかは、男のわたしにはさっぱりわからない。

女性たちが描く理想の女性像は、具象画ではなく抽象画に近い。内面的と抽象的とは親戚関係にあるといえるのかもしれない。女性と言葉の関係は男と言葉の関係よりも、かなりアバウトなのだ。

たとえば、「優しさ」という言葉一つとっても、男と女ではその受け止め方がまったく異なる。

男はまずこう考える。「優しさとはなんぞや？」と。優しさという抽象的な言葉をできるだけ具体的に定義しようとする。ときには、友人に疑問をぶつけて議論したりもする。そうしないと先に進めない。一般的にとらえられている優しさの意味を客観的かつ具体的にきちんと把握できたという確信をもってからでないと、「自分は人に優しくしたい」とか「あの人は優しくない」といった話ができない。

しかし、女性はそんな面倒なことはしない。彼女たちにとっては「優しさ」の定義や一般的な解釈など、どうでもいい。「わたしが思う優しさとはこうなんだから」と、自分さえわかっていればいい。だから「わたしが思う優しさ」についてさえも、いちいち説明しようとはしない。「こうなんだから」が何を指しているのか、それが他人に伝わっているかどうかなど、まったく気にしない。

もしかしたら、彼女たちにとってはそんなことは気にする必要のないことで、人に伝わっていないことなど、まったく想定の範囲外なのかもしれない。

理想の女性像について語るときもまったく同じで、自分の思い込みをバックグラウンドにして滔々《とうとう》と語る。

一方、男は理想の男性像について質問されても、なかなか言葉が出てこない。説明に窮するのだ。それは具象画を描こうとするからだろう。自分でも納得できるような具体的な像を描き、なんとか説明したいと思うのだが、それがうまくできずに焦る。

男がそうやって悩んでいる間に、女性はいともあっさりと、「強さと優しさを……」などと答えてしまう。

「理想の女性像のポイントは優しさだとわたしが言ってるんだから、それでいいじゃないの」
そう露骨に口にすることはないが、男が「優しさって何だろう?」などと考えていると、無言の圧力でそれを制するのである。

女性たちは見事なまでに自己完結している。だから、自分の言っていることが相手に伝わるかどうかなど深く考えもせず、彼女たちの口からは頭の中にひらめいた言葉がつぎつぎに飛び出してくる。

したがって、理想とする女性像について語る女性の話には、男はただただ頷《うなず》くしかない。具体的にはどんな女性なのかなどと、深く追及しないほうがいい。彼女がせっかくいい気持ちでいるのだから。

Advice to Men

女性の世界観を無理にわかろうとするとひずみが生じる。わかったふりをして聞いてあげるのが、大人の男のふるまいと心得よ。

女性は同性の目を強く意識する

数年前、酒井順子の『負け犬の遠吠え』（講談社）という本がベストセラーになった。あえて正直に言わせてもらうと、この本は男が読んでもちっとも面白くない。

負け犬女性とは「未婚、子ナシ、三十代以上」の女性のことである。ほかに、離婚して今は独身の女性や、結婚経験のないシングルマザーなども含まれる。オスの負け犬（つまり結婚できない男たち）についても書かれているが、その部分を読んでもまったく興味がわかなかった。周囲の男たち数人にも聞いてみたが、この本を読んだ人間はいなかった。

このことから考えても、結婚していないことについての受け止め方が男と女でかなり違うことがわかる。

その違いは、他人の目を意識しているかどうかに関係しているのではないだろうか。

男女に関係なく、人は他人の目を意識するものだ。子供のころにいたずらをして親から

「そんなことをしたらお友だちに笑われちゃうわよ」などと諫《いさ》められたせいかもしれない。とにかく、他人の目に自分がどう映っているか、他人からどう思われているかを気にする癖がいつの間にかできているもの。

しかし、他人の目を意識するときに、「気にする部分」が男女で異なるように思う。男から見ていると、女性たちは決して口にはしないが、もっとも意識を向けているのは美醜ではないだろうか。同性と比べたときの外見上の差異。しかし、子供のころからそのことについてふれるのはタブーだったにちがいない。

試しに美人の女性に聞いてみるといい。

「君は子供のころからきっとかわいくて、さぞもてたんだろうね?」と。

すると、決まって、

「そんなことありません」という答えが返ってくる。

さらにもっと直截《ちょくせつ》的にこう聞いてみたらどうだろうか。

「君は自分が美人だと意識しているんだろう?」

この意地悪な問いに対しても、美人たちは必ず否定する。

「そんなこと一度も意識したことありません」と。

こうした返事は謙遜《けんそん》のようにも受け取れるが、実は決してそうではない。彼女たちは質問した男に対してではなく、そこにはいない同性に向かって答えている。少しでも認めるような返事をすれば、そのことを男がほかの女性に言いふらすかもしれない。彼女たちはそれを極度に恐れている。だから、言質《げんち》を取られるような言葉は絶対に使わない。

先ほどあげた『負け犬の遠吠え』でも、女性の美醜にはほとんど言及していない。女性は同性の美醜には決してふれないことを鉄則としているのである。

自分からは口にしないが、女性たちは子供のころから美醜によって分け隔てされるという体験をイヤというほどしてきている。かわいらしい女の子はニコッと笑えば、大人たちはみんな頬をゆるめて手を差し伸べる。天使のようなその笑顔を見たいばかりに、寄ってたかっておだてにかかる。わがままを通すときも、少々のことであればちょっとすねて見せれば通ってしまう。ところが、見た目がかわいくない女の子はそうは問屋が卸さない。笑っても愛嬌がないのだから、すねるとつぶれた団子のようで誰もそばには寄りたがらない。醜い姿でわがままを言ってすねれば、大人たちの心をささくれ立たせ怒りをかき立てるだけ。すねてわがままが通るのは、かわいい女の子だけに与えられた特権なのである。

女性は、こういった差別を子供のころから何度となく体験し、大人になるころには見た目がいかに大切かを痛感しているにちがいない。

同じ子供でも男の子はどうだろうか。むろん男の子にも美醜の差はあるのだが、そのことで教師から分け隔てされることはあまりない。教師にかぎらず、ごく一般的な大人たちからも男の子が美醜によってさまざまな損得を受けることはまずないといえる。

つまり、女性だけが見た目によって分け隔てをされながら育つ。生まれもった美醜は、当然のことながら本人のせいではない。謂《い》われなき差別なのである。そうして分け隔てされつづけているうちに、女性は謂われのないこと、理屈の通らないことを受け入れるようになる。同時に、女性たちの中にある種の連帯感と互助の精神が生まれるのではないだろうか。

美醜は、連帯意識と互助の精神を生む素となったものなのだから、これについて云々《うんぬん》するなどもってのほか、絶対にタブーなのである。だから、女性は同性の美醜には決してふれないのだろう。

しかし、女性が口にしなくても、社会の中から美醜による分け隔てがなくなるわけではない。美しさが仇《あだ》となるのはあくまでも「時として」であって、美人はそうでない人よりも得することが多いのは誰もが認めるところだろう。だからこそ、女性は美にあこがれると同時に、美しく生まれた人を妬《ねた》む気持ちからも逃れられない。自分の努力が報われないやりきれなさ、美に対するあこがれ、そして妬みが心の中を行きつ戻りつし、女性たちの心中は実に複雑な様相を呈す。そこに互助の精神も働く。子供のころから育まれた強い連帯感、それは概《おおむ》ね等しく謂われなき差別を受けつづけたことによって生まれたものであるから、同性を一人でも敵に回せばまわりの女性から一斉に冷たい視線を浴びることになる。そんなことにならないよう万全の注意を払って、同性の視線に意識を注いでいるのである。つけ加えておくなら、妬みなどの屈折した思いが含まれる同性の目は、異性のそれよりもずっと鋭く厳しい。

一方、男の子の場合は美醜を意識して相手を見ることはない。男の子は、顔がそれほど良くなくてもスポーツが得意なら、周囲からあこがれの目で見られる。女の子の場合はスポーツができるだけではあこがれの対象にはならない。スポーツができて美人であることがあこがれの対象となる条件なのである。このように、女の子には美醜による振り分けがどこまでもついてまわるのである。

ところが大人になると、美醜の価値観を一変させる新たな指標が生まれる。それが「結婚」なのだ。結婚している・いないの違いが美醜の価値観に逆転現象を起こさせる。美人でも結婚していない女性と美人ではないけど結婚している女性では、後者のほうが勝ち組とみなされるのだ。それほど女性たちにとって結婚は大きな問題なのである。

酒井は著書の中で「オスの負け犬」という言葉を使っているが、それはわたしたち男からすると、必ずしも適切な表現とはいえない。なぜなら、男は三十代以上で未婚であろうと既婚であろうと、そのことが特別な価値観の対象とならないからだ。会社での出世や年収の違いなどに関してなら、ほかの男と比べて「あいつに負けている」と思うこともあるかもしれない。しかし、こと結婚に関しては勝ち負けの対象にはならないし、そのことで同性の目を意識することもない。

これに対し、女性は結婚に関して同性の目を意識しすぎるほど意識する。外見上はわからない、結婚している・いないの違いに、彼女たちは男が想像する以上に敏感になっている。だからこそ「負け犬」などという言葉が女性たちの心をつかんだわけで、わたしたち男がそのことになかなか気づかなかったのは、これまでほとんどの女性がそうした内情を酒井みたいにあからさまに口にすることがなかったからだ。

Advice to Men

女性はどんなときにも同性の視線を強く意識している。たとえ、まわりに同性がいなくても、同性について評価を聞き出すのはなかなか難しい。

女性たちが求める理想の結婚生活とは

これまでみてきたように、「結婚」には女性に長年つきまとってきた美醜の価値観をも一変させるほどのパワーが秘められているから、女性たちは負け犬になるまいと結婚へ向かってまっしぐらに走りたがる。

結婚をするということは「一家の主の妻となること」、つまり「主婦」になることである……とここまで書いて、わたしは重大なことに気づいた。それは「主婦」という言葉がもはや死語になりつつあるのではないかということだ。

その理由について述べる前にほんの少し私事におつき合い願いたい。

実はかつてわたしは、「主婦」という言葉が社名につく主婦の友社という出版社に編集者として十五年近く勤めていた。担当していたのは、その会社の主力商品だった『主婦の友』という主婦向けの月刊誌だった。

ここからが本題である。

わたしが担当していた雑誌『主婦の友』の発行部数は、在籍していた一九七〇年代にすでにピークを過ぎていた。その当時から売り上げが下降線をたどり、ついに二〇〇八年六月号を最後に休刊となった。

雑誌の販売部数が落ちていく原因は、記事の内容や誌面の見せ方などいろいろ考えられるが、『主婦の友』が売れなくなった原因の一つは、妻たちが主婦という言葉に共感を覚えなくなった、つまり主婦という意識が薄れつつあるということではないかと思える。

「主婦」とは、「家庭の仕事の中心となる人」という意味である。

主婦連合会、略して主婦連という組織もあるが、最近その活動ぶりをほとんど耳にしない。主婦連のトレードマークはいまだにエプロンとおしゃもじである。エプロンもおしゃもじも立派な現役ではある。しかし、この二つが象徴する主婦としての妻像は間違いなく時代から取り残されつつある。多様な価値観をもつ現代の妻たちのイメージを、この二つで代表させるのには少々無理があるのではなかろうか。

現代の妻たちはもっと多彩で、いい意味で成熟している。

社会批評、文化批評なども手がける精神科医・香山リカの『結婚幻想』（筑摩書房）という本を読んでみたが、そのなかには「結婚」「妻」「出産」「シングルマザー」などの言葉は出てくるが、「主婦」の「主」の字も出てこない。

多くの女性たちが強い結婚願望を抱いていることは間違いなさそうなのだから、彼女たちが結婚して主婦になることを望んでいるのであれば、「主婦」が死語になりつつあるなどというのは、根も葉もない嘘っぱち……ということになる。

しかし、そう簡単には言えないところに現代社会の複雑さがある。

現代の女性たちは、結婚はしたいが主婦にはなりたくない。主婦にはなりたくないが子供は産みたい。このあたりが女性たちの本音だろう。

結婚がしたい。子供も欲しい。女性たちにこういった願望があるにもかかわらず、現実には未婚率は年々上昇し、生まれてくる子供の数は年々減っているのである。

こうして考えてみると、主婦が死語となりつつあることと、結婚したいと言いながら結婚しない女性が増えていることとの間には密接な関係があるように思える。

なかなか結婚しない女性の主たる理由は、これぞという男性がいないから。これぞという男性とはパートナーを意味している。自分の妻を主婦ではなくパートナーと思える男性こそ、女性たちが求めている良き夫なのである。

パートナーはお互いに協力し合いながら生活を共にする関係であるのに対し、主婦は家事を一人で担う役目を負わなければならないことを意味する。女性からすれば家事を一方的に押しつけられるなんてとんでもないことで、主婦が死語になっても当然なのかもしれない。しかし、男は旧態依然として、女性は家事に専念して家を守ってほしいと考える人が多い。この考え方のずれが女性たちの未婚率を高くさせている。そう解釈していいだろう。

しかし、主婦とパートナーとの違いは、実はそれほど大きなものではない。男の意識のもち方によって簡単に克服できるものなのである。

たとえば、風呂に入るときに下着をそこら辺に脱ぎっぱなしにせず洗濯機に入れるという簡単なことをするだけでいい。妻の負担を減らすような気遣いをすればいい。料理をつくっている妻から棚の上にあげた鍋に手が届かないのでとってほしいと頼まれたら、嫌な顔一つせずすぐにとってあげる。そんなときにテレビに夢中になって「コマーシャルになるまで待ってくれ」などとは間違っても言ってはいけない。そんなことを言おうものなら、「わたしは働いているのに、あなたはなによ」と、たちまち険悪な雰囲気が漂う。

ちょっとした協力を惜しまなければ、男は女性のパートナーになれる。しかし、この「ちょっと」がなかなかできないのが男なのである。

一方、生まれる子供の数が少なくなっているのは、男のちょっとした意識改革でどうにかなることではない。それは、女性たちが経済的な負担や肉体的かつ精神的な負担を敬遠しているからだと考えられるからだ。

これまでのように主婦という意識があれば、この二つは子供を産まない理由にはならなかった。ところが、パートナー意識の下では、妻である女性のほうに大きな負担がかかる子育ては理に適《かな》わない。自分の心と体をくたくたになるまで酷使してまで、子育てはしたくない。経済的負担を考えると、子供が増えれば増えるほど自分の楽しみを犠牲にしなければならないことは明白なのである。

夫や子供のためだけの人生で一生終わるのなんてつまらない、自分の人生を生きるためには子供は一人で充分だ。そう考える女性が増加しているように思える。

独身時代に女性が「子供が欲しい」と言うときには、結婚をしたい理由として「子供」をだしにしているだけなのではないだろうか。つまり、「子供が欲しい」と口にしても、女性たちは子育てによって自分にどれだけの負担がかかるかまで考えていない。しかし、実際に子供をもつことのできる状況になって、初めて現実に軸足を移して真剣に考える。あるいは、一人子供を産んで子育ての大変さを痛感する。こうして、「子供が欲しい」という思いがしぼんでいくのではないだろうか。

話を戻そう。結婚はしたいが主婦にはなりたくない、つまり現代の女性は家事を自分一人で担うのは嫌だ、不公平だと考えている。こうして、主婦という言葉は死語となってしまったが、良妻賢母という言葉はしぶとく生き残っている。ただし、夫の良きパートナーの同義語としてである。

夫に対しいかに家庭生活への協力を仰ぐか、それを上手にできることが良妻の証《あかし》なのだ。同じように、子育てについても夫の協力が得られるよう夫を操縦することが、賢母なのである。夫の良きパートナーである妻、それこそ現代の新しい良妻賢母の姿なのではないだろうか。

Advice to Men

「主婦」と「パートナー」との差はそれほど大きなものではない。ちょっとした意識改革をすれば、男は女性の良きパートナーになれる。

母性と健全な精神の関係

最近、女性の母性の欠如が問題になっている。

自分の子供を虐待したり、もっとひどいと殺したりする。事件として報道されるようなケースは特殊なものといえるが、こういった事件が昔に比べて増えているのは否定できない。その原因は「母性の欠如」によるものだといわれているのである。

わたし自身も電車の車内でおかしな母親を目撃したことがあるから、今や虐待は身近に起こり得る行為なのかもしれない。

わたしが見た母親は、立っていた場所から少し離れたところに空席を見つけると、いきなり子供の手を乱暴に引っ張って走りだし、子供が転びそうになっても気にも留めず、その子が転んで床に倒れると、その子をそのままずるずると引きずって走り、席を確保したのだった。わたしは呆気《あっけ》にとられた。席に座った後も彼女には子供を気遣う様子はまったく見られなかった。バッグから分厚い封筒を取り出すと、その中に入っていた写真の束を取り出して一枚一枚にやにやしながら眺めはじめた。隣にいる子供のことなどすっかり忘れているふうだった。

この母親の一連の行為はどうみても常軌《じょうき》を逸している。わたしはその幼稚園児らしい男の子に同情すると同時に、この子は将来どんなふうに成長するのかと暗澹《あんたん》たる気持ちになった。子供は親を選べない……のである。

母性とは自分が産んだ子供に対してだけ働くものではない。日本ではなかったが、ベビーシッターの女性が派遣先の家の子供を虐待する場面が監視カメラに撮られ、ニュースとして報道されていた。このようなケースも母性の欠如に起因すると専門家たちは分析していた。

しかし、もしかしたら虐待の原因は女性たちの母性が薄れたことにあるのではなく、彼女たちが精神的な疾患を抱えていることにあるのではないだろうか。つまり、母性よりも病気が勝ってしまっているのではなかろうかと思うのである。

子供をまるで荷物か何かのように扱うのは、母性云々の問題ではなく、妻を殴る家庭内暴力の夫と同じで、相手の痛みがわからない、人として備えているべき何かが欠如した人の行為といえる。思いやりや気遣いといった、他人に接するときにもっていなければならないごく当たり前のことが抜け落ちているのだから、精神的な病といえる。

同じ環境にあっても皆が心の病にかかるわけではないのだから、人々が心に病を抱える原因は社会だけにあるのではなく本人にもあるのだろう。その比率は社会が三、本人が七ぐらいの割合だろうか。したがって、社会の問題にばかり言及するのでなく、個人がもっている問題を解決しないかぎり虐待はなくならない。

ここに『向田邦子の恋文』（新潮社）という本がある。著者は向田和子、邦子の妹である。向田邦子は、大ヒットドラマ『寺内貫太郎一家』の脚本をはじめエッセイや小説など、いずれも高い評価を得ている作家で、旅の途中で飛行機事故で亡くなった。彼女の死後、妹が姉の道ならぬ恋をテーマに書いたのが同書で、三十代前半の邦子と相手の妻子ある男性との間でやり取りされた手紙も引用されている。

その男性は妻子と離れて生活しているが、邦子とも同居はしていない。体調の悪い男性を心配して、邦子は細々とした気遣いをする。手紙にはガスストーブを早く買え、手足を冷やさないようにみかんを食べろなどと書かれている。また、その男性のために電気毛布を買って送ったり、夕食や翌日の食事をつくったりして自分の仕事場に帰っていく様子が描かれている。そこには年上の男性を優しく包み込む向田邦子の精神的安定が感じられる。

向田邦子も電車の中で子供を引きずって席を確保した女性も、同じ女性である。しかし、二人の違いは天と地ほどある。その差は二人の精神状態に起因しているのではないだろうか。

放送作家として忙しさの只中にありながら、向田邦子には自分の愛する男性を心配する心の余裕がある。しかも、向田邦子は家族に対する愛情も深かったという。彼女にはちゃんと両親がいるのだが、自ら家を守り、妹を育て、向田家の中心的役割を買ってでた。それは人間性豊かな女性の姿と符合する。

向田邦子のように充実した時を送り、周囲にも細やかな心配りができる人には、健全な精神が育まれている。

一方、子供を虐待したり、粗末に扱ったりする母親には、自分以外の人間を守ろうとする意識がない。彼女の頭の中は自分自身のことだけでいっぱいで、子供のことなど入り込む余地がない。そして、そういう人間は必ずといっていいほど被害者意識が強い。自分はほかの人に比べて不幸だから自分自身で自分を守る、それがどうして悪いの。それが彼女たちの言い分である。他人への気遣いがまるで浮かばないのは、すでに述べたように精神が病んでいるからなのだろう。

野生動物が自分の子供を守ろうとして外敵を威嚇《いかく》し闘うのは本能によるものだ。それは人間にも当てはまる。健全な精神が育まれて初めて、本能である母性が正常に機能するのである。

つまり、母親が子供を守ろうとしないのは、本能が正常に機能していないことになる。それは精神的な欠陥によるもので、本能である母性が弱まりつつあるからだと解釈するのは、本末転倒だろう。ノイローゼによる育児放棄やストレスによる虐待などを母性の脆弱《ぜいじゃく》さのせいにしていると、木を見て森を見ずということになるのではなかろうか。

Advice to Men

女性に優しさを求めるなら、彼女が充実した毎日が送れるようにしてあげることだ。そうすれば健全な精神が育まれ、母性が正常に機能しはじめ、思いやりをもって接してくれるようになるはずだ。

女性なんだから繊細だという思い込み

その人が繊細であるかどうかは、性別とは関係ない。

結論を先に言ってしまうとそうなる。しかし、女性たちの多くは自分が女性であるが故に繊細だと思いたがる。細やかな気配りこそ女性に特有のもの。彼女たちはそう信じて疑わないらしい。男のなかにもそう思い込んでいる人がいる。わたしは、それは大いなる誤解だと言いたい。

問題なのは「あの人は繊細だ」と言うときに、何に対してかを明確にせず、漠然とただ繊細だと決めつけてしまう点にある。ある部分に関しては繊細だが、別のことに関してはきわめて大ざっぱということは、男にも女にも共通していえることで、人の繊細さとはつまるところそういうものなのだといえる。

たとえば、細やかで美しい細工を施す金細工職人は、金細工にかけては繊細さの塊《かたまり》といえるかもしれない。細工をするときは、ディテールにこだわり、神経を繊細に張り巡らせているだろう。だからといって、私生活でもその細やかな神経を張り巡らせているとはかぎらない。仕事以外のことになると、まったく無頓着だという人も多い。

だから、「あの人は繊細だ」と言った場合、その人の「ある部分」についてだけ言及しているのであって、そこのところを誤解しないほうがいい。

わたしの仕事仲間で、奥さんが学校の教師をしながら詩を書いている人がいる。あるとき、わたしの妻も同行し、夫婦で交流を深めようと、彼の家を訪ねた。

彼の奥さんは詩の世界で賞を受賞したこともあるというから、彼女はプロの詩人と呼んでもいいだろう。詩人である彼女は世間的には繊細な感性の持ち主だと思われているにちがいない。本人もまた、琴線にふれたことをさまざまな言葉を紡ぐようにして表現する自分を繊細な人間だと思っていると思う。

あれは夏の暑い日だった。ビールでも飲もうということになり、彼女は瓶《びん》ビールとコップを運んできた。しかし、酒のつまみは何も出てこなかった。冷蔵庫にあるチーズでもいい、せめて乾き物でもと願ったが、彼女の心はつまみを出すという気遣いには至らなかった。その家を辞するまで、わたしたちはただ黙々とビールだけを飲みつづけるしかなかった。ジュースやコーラならば、つまみなどいらない。しかし、ビールである。なんとも味気ないひときに感じられた。彼女の繊細な心は詩を書くときには有効に働くのだが、人をもてなすときにはその動きを止めてしまうらしい。

このように、「あの人は繊細だ」という言い方は実に曖昧《あいまい》な表現なのである。

ただ、女性には確かに細かなことによく気づく人が多いことは、わたしも認める。男の鼻から鼻毛がのぞいているのに気づくというふうに、女性の観察眼は細かいところも見逃さない。

精密機械の工場などで検査員に女性が多いのは、観察眼が鋭いからかもしれない。『男が学ぶ「女脳」の医学』（筑摩書房）の著者で専門が神経内科の米山公啓《よねやまきみひろ》は、女性の脳は男のそれよりも左脳と右脳の情報交換が素早いので意識しなくても細かく見ることができると書いている。しかし、物事を細かく観察できることと、人に対して細やかに気遣いができることとは、まったく別のこと。

しかも、女性の細やかさとは往々にして自分本位に働くものではないか。わたしは常々そう考えている。

たとえば、清潔好きあるいは整頓好きな女性は、散らかっている部屋をとにかく片づけたがる。わたし自身も学生のころに、何度か母に部屋を片づけられてしまい、自分が覚えていた場所にあったものがどこにいったかわからずに困った経験がある。散らかってはいても、わたしの頭の中には部屋の中にある物の配置図が描かれていた。それを母は無視した。つまり、母はわたしのために部屋を整頓したのではない。おそらく彼女自身が部屋を散らかった状態にしておくことが嫌だったから片づけたのだ。つまり、彼女自身のために片づけたわけだ。意地の悪い見方かもしれないが、わたしはそう考えている。

もちろん、散らかった部屋のほうがいいと居直るつもりはない。ただ、女性は男の部屋を整理整頓することで、細やかな心遣いを見せたつもりでいるのかもしれないが、それが勘違いであることだけは、はっきりさせておきたい。勝手に片づけられてしまうと、頭の配置図がめちゃくちゃになってしまい、かえって探し物が多くなり迷惑な結果となる。

また、女性は細かいことによく気づくのに、人間関係について悩む女性が多い。

拙著『なぜか好かれる女性50のルール』は、数年前に書いた本だが、文庫化され今でも売れている。内容の中心は自分以外の人に対する気配り。それを多くの女性が読もうとするのは、人に対してどう気を配ればよいかがよくわからないからだろう。

細かい神経の持ち主であれば、他人への心配りなど朝飯前にちがいない……と、男は考えがちだ。しかし、もうおわかりいただけたのではないだろうか。細かいことによく気づくからといって、細やかな心配りができるとはかぎらない。

なぜなら、女性たちの繊細さは、肝心の相手を二の次にして働くことが多いからだ。相手がどう思うかよりも自分が考えたことが優先される。つまり、細かいことによく気づくが、気づいたら気配りや気遣いをせずに手を出してしまうのが女性なのだ。これはおせっかいという、繊細さとは遠くかけ離れたものなのである。

Advice to Men

いろいろなことによく気づく女性と人に対する気遣いができる女性は違う。男のネクタイが曲がっていることに気がつくからといって、機転がきくとはかぎらない。

食事の誘いなら好きでもない男の誘いにも乗る

女性はいつも迷っている。

女性とは迷う生き物なのだ。

女性と一緒にあなたはレストランに行く。

そしてウエーターかウエートレスがやって来て、テーブルの上にメニューがおかれる。

あなたはさっさと食べたい料理を決めたのに、相手の女性はまだ迷っている。

こんな経験を、男なら一度や二度は必ずしている。

実はこの光景は、わたしと妻との間でもいつもくり広げられている。

男が素早く食べたい料理を選ぶのは、食べることにあまり関心がなく適当に決めているからではない。わたし自身も食には人一倍強い関心をもっている。食通と呼ばれる人のようなこだわりはないが、酒をそれほどたしなまないせいもあって、食への関心はかなり強い。

つまり、食への関心の強さ弱さが、レストランで料理を決める速さに関係しているわけではない。

わたしの場合、レストランの席に着いてメニューを広げた瞬間に、目に食べたい料理の名前が飛び込んでくる。誇張しているわけではなく、実際にいつもそうなる。だから、自分でも驚くほど食べたいものはすぐに決まる。じっくりと思い返してみると、わたしはメニューを見て決めているのではなく、店に入る前から何を食べたいのかを決めている。いや、もっと遡《さかのぼ》ると、何を食べたいかで店を決めている。

店よりも食べたい料理が先に決まっている。いや、店を決めるのと食べたいものを決めるのとはワンセットになっているというほうが正しいかもしれない。

ところが、女性の場合はなかなかそうはいかない。

女性に店選びを任せると、まずその段階で迷いはじめる。中華もいいけどイタリア料理もいいという具合に、さまざまな選択肢が登場し、女性の頭の中にはいろいろな店の名前が浮かぶ。だいいち、普段からまめにレストラン情報をチェックしているので選択肢はふんだんにあるから、いくらでも迷える状況にある。万事この調子で、店を選ぶときはもちろん、店に入って料理を選ぶときもなかなか決まらない。そんな女性を前にして、料理を数秒で決めてしまった男はイライラする。

食べ物であればまだ許せるが、女性は自分がつき合いたい男に対しても同じように迷う。A男のいいところとB男のいいところは異なっている。だからどちらがいいかを簡単には決められない、というのが女性たちの言い分なのだが、それは中華とイタリアンのどちらが食べたいかと聞かれて、答えられないのと同じレベルなのである。中華もおいしいしイタリアンもおいしい、どうしよう……と同じ。A男は中華でB男はイタリアン、ということだ。しかも、その評価が実に流動的で定まらないから男は困ってしまう。

さらに、男が困るのは、カレがいる女性でもほかの男と食事ぐらいならと誘われればついていく点。とくに現代女性はそうだと思っていい。彼女たちは食事だけなんだからという言い訳も用意している。用意はしているが、尋ねられなければいちいちそれをカレに報告したりはしない。彼女たちにとってカレは何人かいる男たちの一番手でしかない。「あなただけ」とか「オンリーユー」とかは歌の中にだけ生きている言葉で、実際には、一番手の男が二番手になる可能性もあれば、逆に二番手が一番手に昇格することもあり得る。

女性のこうした気持ちは、男の浮気心とイコールではない。

男は、女性を食事に誘った時点で、それが浮気であると認識している。それは、食事に誘う女性は必ず好みのタイプだからである。タイプの女性だからこそ、一緒に食事をしたいと思うのであって、好きでもなければ嫌いでもない、言い換えるとどうでもいい相手を食事に誘ったりはしない。そして、チャンスがあったらくどきたいという下心ももっている。だから、食事に誘った時点で浮気だと認識している。しかも、どんなに好みのタイプの女性であっても、浮気相手が一番手に昇格することはない。

ところが、女性はカレ以外の男と食事に行っても、浮気をしているという意識はない。また、食事相手の男が好きなわけでもない。ないけど、その男が彼女を口説きはじめたら、場合によっては気持ちが揺れることもある。「好きでもない男」は、決して嫌いな男ではない。好きでもない男とは、嫌いでもない男。そう解釈するのが正しい。

ここのところが、世の男たちには理解しがたい。

男はこの女性と決めたらとりあえずは突進する。浮気心が起きるのは、本命の女性のハートをつかんでからである。

ところが女性はそうはしない。最初の段階から迷う。彼は今は確かにカレなのかもしれないが、いつその座からころげ落ちるかわからない、とても不安定な存在なのだ。「この人がわたしのカレ」と友人に紹介したとしても、その男が自分のカレだという気持ちは一〇〇パーセントではない。一〇パーセントあるいは二〇パーセントは、まだ決めかねている流動的な部分なのである。料理だったらいくら迷っても十五分もあれば決断できるが、相手が男性となるとその時間は数カ月に及ぶこともある。

ある日突然女性から別れを告げられて驚く男がいるが、このことを念頭において相手の女性をちゃんと観察していたら、その兆候が見抜けたかもしれない。残り一〇パーセントのところで迷っている彼女の心がキャッチできたとしたら、それなりの手が打てたかもしれない。しかし、時すでに遅し、ということのほうが圧倒的に多い。

Advice to Men

女性は迷える生き物である。決断したかに見えても、心の中の一部に迷いが残る。迷える心を完全につかむのは容易ではない。

「この女性には何を言っても大丈夫」は男の油断

年齢差が二十歳近い、入社五年目の部下の愛子との間には信頼関係がある。そう洋一は信じきっていた。洋一が男の部下たちと飲みに行くときに一緒に誘うと、ほかの女性社員は断る者も多かったが、愛子は決して断らない。また、愛子の口から直接、洋一の仕事を高く評価していることも聞いていた。

こうなると、男は単純である。洋一は愛子が自分に全幅《ぜんぷく》の信頼を寄せていると思った。洋一でなくても男なら皆そう思ってしまう。

もちろん、洋一は愛子を信頼できる部下だと思っていたが、女性として愛子に魅力を感じていたわけではない。洋一のタイプではなかった。愛子には異性としての色気がまったく感じられなかった。しかし、それだからこそ、仕事のうえでは私情を挟まずにいい関係が保てた。そうやって築いた信頼関係があるからこそ、洋一は愛子を気のおけない仲間と同じようにみて、愛子の前では何を言っても大丈夫だと、安心しきっていた。

ある夜のこと、洋一は飲み会の席でこう口にした。

「いやあ、○×△□みたいな女性はパスするよ」
○×△□には某有名女性評論家のフルネームが入る。
深い意味はなかった。その席で好みの女性のタイプが話題になったのだが、好みのタイプの女性の名前が浮かばなかったから、洋一はタイプでない例としてその女性評論家の名前をあげたのだった。テレビにもよく出演する○×△□は、男たちへの毒舌を売りにしている女性で、外見的にも決して美人とはいえなかったから、当然みんなが共感してくれ、宴席が盛り上がると思ったのだ。ほんの冗談のつもりだった。

確かに、その話をしているときに、洋一も部下の男たちも愛子の存在をほとんど気にしていなかった。彼女ならどんな話題でも嫌な顔をせず、適当に話を合わせてくれる。男が口にする軽い冗談もわかる。それまでの経験から、そう信じて疑わなかった。

しかし、そのときの愛子は、洋一の言葉にまったく反応しなかった。

後になって考えると、そこで洋一は気づかなければいけなかった。

愛子の目にほんの少し悲しそうな表情が漂っていたことに。

その夜を境に、愛子の洋一に対する態度が一変した。態度が妙によそよそしい。さすがに仕事場で洋一をあからさまに避けるようなことはしないのだが、何を話しかけても返事が事務的になった。

洋一はあの夜のことを思い返してみた。

「何かまずいことでもしたのかな」

いろいろと思い出してはみたが、特別な出来事はなかった。

「セクハラでもした？　こっちがその気でなくても女性がそう感じたらセクハラだというからな。でも、そんなことはしてないし……」

思い当たるふしはまったくない。

洋一と愛子の間になんとなく気まずい空気が流れはじめてから一週間ほど経過したころ、洋一はあることに気づいた。

愛子と女性評論家とがどことなく似ている……。

愛子と○×△□はそっくりではない。しかし、雰囲気がなんとなく似ているのである。その評論家の若いときの姿と愛子がダブる。しゃべり方も顔つきも違うのだが、女性のタイプを大きく分けると、愛子と評論家は同じ部類に入るような気がした。

そういえば、愛子の履歴書の趣味の欄に、愛読書としてその評論家の本の名前があったように思う。すっかり忘れていたことだったが、あらためて履歴書を見直してみたところ間違いなかった。

「そうか、愛子は自分のことを言われたように思ったにちがいない」

そのことで愛子が傷ついたのかもしれないと推測できたが、同時に、もしそのことを覚えていたとしても同じことを言っただろうとも思った。愛子のような女性はパスすると言ったのではない、僕はあくまでも○×△□のことを言ったのだ、それを曲解するほうが悪いというのが彼の言い分だった。そう考えると、よそよそしい愛子の態度に腹も立った。

しかし、自分の言った言葉が愛子を傷つけたのも事実である。なんとか愛子との関係を修復しようと考えたが、なかなかいい方法が浮かばない。仕事の忙しさは相変わらずで、そればかり考えているわけにもいかない。どこか釈然としないものが胸につかえたままだが、最近では時間が解決してくれるだろうと、あまりむきにならないように努めている。

このケースは、すべての男たちの教訓となる。

どんなに信頼できる女性であっても、何でも言えるわけではない。そこが男相手の場合とは違う。とくに女性のことを話題にするときは気をつけよう。どんなに気のおけない女性だと思っていても、男と同じように考えていては危険だ。女性はちょっとした冗談でも決して聞き逃さず、そのことを根にもつ。そういうところはかなり執念深い。

女性を一〇〇パーセント信頼するのはやめよう。

これは恋愛だけにとどまらない。洋一のケースのように思わぬところにも顔を出す。また、相手の女性の立場や年齢は関係ない。相手が妻の場合でも充分に起こり得る。妻が理想とする女性のことを馬鹿にでもしたら、夫は妻から糞味噌に攻撃されるだろう。妻だから何を言っても大丈夫というのは夫の油断でしかない。妻であっても一〇〇パーセント信頼してはいけない。

Advice to Men

女性の前で女性のことを話題にするときは細心の注意が必要だ。軽い気持ちで口にしたことで、執念深く恨まれることになる。

セクシーなミニスカートは自分のため？　それとも男のため？

ミニスカートをはいている女性に、

「それって、男の視線を意識しているんだよね」

と聞くと、決まって次のような答えが返ってくる。

「そうじゃないわ。おしゃれだからはいてるの」

ミニスカートでも、胸元を強調したキャミソール（女性用の下着でウエストまでのもの。スリップの短いやつと思えばいい。最近はそれをあえて見せる着方をする）でも、ヒップにぴったりのパンツでも、答えは同じである。「ファッションを楽しむために身につけているので男性を意識したものではない」と彼女たちは言う。果たしてそれが女性の本音だろうか。わたしにはどうもそうは思えない。

わたしが大学生だったころ。学食で昼飯を食べていたら、隣にいた同級生の男子学生がわたしにこう言った。

「あそこにいる女の子、かなり意識してるよな。あの食べ方を見ろよ。気取りやがって」

彼があごでしゃくって示した女子学生を見てみると、確かに彼女は思いっきり他人の目を気にしてカレーを食べているように見えた。スプーンにのせるカレーの量はほんのわずか。あんなに少しずつでは、食べた気がしないだろう。家では三倍くらいの量を一口で食べているのではないかと疑いたくなるくらい少量なのだ。それをゆっくりと口元にもっていく。口の中にカレーを入れるときも決して大きく口を開かない。そのうえ、髪が邪魔になっているわけでもないのに、ときどき髪をかきあげるような仕草をする。

こんな姿を見ていると、いかに上品にあるいはきれいに見えるかを考えて、食べているとしか思えない。つまり、彼女は自分自身で自分を演出しているように見える。わたしはそれほどではなかったが、級友はなぜかその彼女のことが気になってしかたがなかったらしい。それは異性への関心の裏返しともいえるのかもしれない。

いずれにせよ、その女子学生は他人の目、もちろん、それは同性の目ではなく男子学生たちの目を意識してそうしていたのだろう。

同性の目といえば、こんなエピソードがある。

私立の女子校で教師をしていた友人によると、女子生徒たちは男の目があるのとないのとではガラッと態度が変わるという。彼が直接目撃したかどうかまでは知らないが、夏の暑い日の教室では、女子生徒が制服のスカートのすそをたくしあげてその中に教科書で風を送り込む、そんな姿がよく見られるというのだ。どうやら、女子校の教室では男の想像を絶する破廉恥《はれんち》な光景が展開されているらしい。

この二つの例からも、女性は異性の目がなければあられもない姿をさらけだすことも平気なくせに、異性の目がある場では、大学の学食の女子学生のように女らしさを強調しているように思えてならない。

そうだとすると、ミニスカートをはく女性たちは「流行だから」とか「おしゃれだから」とか口では言っても、究極のところでは異性の目を意識しているにちがいない。

つまり、女性たちは本当のところを隠している。もっと言ってしまえば、「おしゃれだから」というのは一種のカモフラージュのため。そう解釈していいだろう。彼女たちは男を意識していることを隠そうとしている。

だいたい、ミニスカートをはいている女性に目がいくのは、女性よりも男のほうが圧倒的に多い。女性は友人がかわいいミニスカートをはいてきたのであれば、それなりに関心を示

チラ

し、「かわいいね」くらいのほめ言葉を口にするかもしれない。しかし、見ず知らずの女性がどんなにかわいいミニスカート姿であってもまったく関心を示さない。男が男の下着姿を見てもなんとも感じないのと同じだ。ところが、男は見ず知らずの女性のミニスカート姿にあまねく関心を示す。このことから考えても、女性がミニスカートをはくのは異性の目を意識しているからだと思える。

しかし、女性は同性から「男に見られるのを計算してミニスカートをはいている」と思われるのが嫌なのだろう。本当はそうであっても他人からそれを指摘されると、女性はプライドを傷つけられた気がするのではないだろうか。

男のわたしには、どうしてそんなことでプライドが傷つけられるのか理解できない。女性がセクシーさを武器にするのは悪いことではない。いや、そうして当然だと思う。

セクシーであることに関して、日本の女性たちの意識はかなり控えめで、欧米などの先進国の基準からすると大分遅れている。そこに問題がある。初体験の年齢が年々低くなっても、ミニスカートをはいた若い女性が街に増えつつあっても、女性たちの意識は未だに和服を着ていた時代とたいして変わっていないらしい。

ミニスカートの女性に険しい視線を送る年長の女性もいる。そうした社会だからこそ、

「おしゃれではいているの」と言い訳をしなければならないのかもしれない。

日本女性たちの性意識の歪みは、かなり根深いように思う。

それは、和服という伝統文化が象徴しているように、包み隠すことに対する美意識や倫理観が大きな理由となっているのではないだろうか。つまり、日本の文化は謙虚さや純潔さに代表される恥じらいの文化ともいえる。そういった意識は、日本人が長年培《つちか》ってきたものだから、和服を着なくなっても簡単には変わるものではない。

恥じらいの文化は、肉体に対する考え方にも通じる。

長い間、日本女性は体を隠さなければいけないと教えられてきたために、自分の肉体を素直に受け入れられないという弊害が生まれてしまった。その結果、女性たちの多くは、本音の部分では理想的なプロポーションを保ち多くの人に注目してもらいたいと思っているのに、その魅力的な肉体を素敵な洋服で飾り人目にさらすことに、心のどこかで罪悪感を感じてしまうのだろう。

だから、男の視線を充分に意識してミニスカートをはいていても、態度にはそれを出さないようにしてしまうのである。

また、女性が男のためにつくすのはおかしいというフェミニズムの思想から端を発し、女性は男のために何かしてはいけない、男たちの視線を意識してセクシーさに磨きをかけるのは男に向けた女性の商品化だ、などという見当はずれの理屈を生んでしまった。

そんなふうに言われたら、ミニスカートを颯爽《さつそう》とはきこなしている女性たちの立場がない。

ここでは、女の敵は女、と言っておこう。

Advice to Men

男の目をひくような女性の姿は、男の視線を意識して女性自らつくったものだろう。だからといって、それを非難するのはお門違いだ。女性のかわいらしさも魔性もその姿勢があってこそ生まれるものなのだ。

第3章

女性は男に何を求めているのか

女性は愛されることを積極的に求めている

人は愛を求めて生きている……こんな言い方をするのは、なんとも面映《おもは》ゆい。なかには「映画のキャッチコピーじゃあるまいし、人間はそんなに単純なものではない」と、反感を覚える人もいるかもしれない。

しかし、心が満ち足りていると感じる瞬間のことを考えてみてほしい。

たとえば、何かに夢中になっているとき。趣味でもいい。仕事でもいい。没頭している最中は気づかないかもしれないが、やり終えた後で充足感に満たされる。また、目標を達成したときなども大きな満足感を覚えるものだ。人から必要とされていると感じたときにも心は浮き立ち活力がわいてくる。人の優しさや思いやりを感じたときなども、心がやわらかく包み込まれたような感じがする。ケースによって心の満たされ方は違うが、いずれも体中に温かい血がゆっくりと流れていくような心地よさを感じるのは同じだろう。

心はつかみどころのないものではあるが、人は今あげたような満足感や充足感を求めて生きているように思う。なかでも愛情は、最も心を満たしてくれるものだといえる。言い換えると、人は誰でも愛を求めて生きているということになる。

愛は、相思相愛となるのが究極の形といえるが、ときには一方的に愛しているだけだったり、愛しているつもりがその心を途中で見失ってしまうこともよくある。また愛によって得られる満足感や充足感は、能動的であるときよりも受動的であるときのほうが大きい、つまり愛するよりも愛されることのほうが満足感を得やすい。

男も女も愛を求めていることに変わりはないが、男の場合は愛されることよりも愛することに、女性の場合は愛するよりも愛されることに重きをおいているように思える。この点が男と女の大きな違いではないだろうか。ただし、女性は愛されることを求めているからといって、万事に受け身（受動的）で消極的だということではない。女性は愛されることを積極的に求めているのである。

言い換えると、女性は愛されることに貪欲なのである。だから、愛情が足りないと感じると大変なことになる。もちろん、愛情が足りないと思うかどうかについては個人差がある。なかには愛情の過不足に鈍感な女性もいて、そういう人が恋人だったり妻だったりすると、男はのんびりしていられる。人間はないものねだりだから、ときにはそんな相手を物足りないと感じることがあるかもしれないが……。

さて、愛されることに貪欲な女性が愛されていないと感じたとき、いったいどんなことが起こるのだろうか？　愛されていないことに敏感な女性というのは、往々にして思い込みが激しい。だから、周囲からは「あんなに愛されているじゃないか」と見えても、本人にしてみるとちっとも愛されていないわけで、周囲の人たちは面食らってしまう。こういう女性は、親にも愛されてこなかったという気持ちが強く、幼いころから愛情に対する飢えを感じている。だから、ほんの数日間カレと離れただけでも、あるいは一日でもカレから電話がないと、棄てられたのではないかと絶望的な気持ちになる。

もちろん、すべての女性が、ほんの少しの間カレから電話がなかっただけで棄てられたのではないかと思うわけではない。しかし、棄てられたとは思わないまでも、そのことに何らかの不安を抱く女性は多い。元気がなくなり仕事に集中できないとか、気持ちが暗くなって部屋に引きこもってしまう女性は結構多いのである。

そうした状態をプチうつ（軽いうつ状態）などとも呼ぶ。

愛情は心の中にあるものだから、言葉で簡単に表せるものではないし、物に交換できるわけでもない。

しかし、女性は愛されている証を求めたがる。どんなものも確たる証拠とならないことぐらい、女性だって重々承知しているのだろう。わかっていても、何らかの手がかりを得て安心したいと考えるのが女性なのである。

しかし男は、そんなものを求められても困るだけだ。だいたいどんなに言葉を尽くして愛していることを伝えようとしても、「そんなの口先だけでしょ」と彼女たちは取り合ってはくれない。プレゼントには多少の効果はあるが、タイミングを間違えると、「なんか心苦しいことでもあるんじゃないの」と疑われる。

しかし、とっておきの魔法の杖がある。それがスキンシップだ。

G・ミッチェルの著書『男と女の性差』（鎮目恭夫訳、紀伊國屋書店）の中に、興味深い箇所がある。この本は男女の性差を猿などの動物と比較して論じているのだが、非言語的コミュニケーションに関しては女性は男よりも達者だというのだ。

この本によれば、動物の世界では雌は雄よりも多くのグルーミングをするという。グルーミングとは毛づくろいのことで、母子や仲間と認めた者どうしでしか行われない行為で、動物たちにとっては大切なコミュニケーション行動の一つになっている。

このことを人間に置き換えてみると、女性は特別な相手にはボディタッチを許し、またそのことでコミュニケーションを図っていると考えられる。つまり、心を許した相手とふれあうことでより心が満たされ、そのことから愛情を感じ取るのである。

愛している証を求められて、言葉だけで伝えようとするから「口先だけ」という批判を浴びることになる。そっと肩に手をまわす、ひざに手をおいてみるなどの非言語的コミュニケーションを加えれば、愛していないのではないかという疑いの目は、きっと信頼の目に変わるだろう。

黙って手を握るといったように、言葉とスキンシップのどちらか一方のほうが効果があることもあるが、通常は併用すると相乗効果で魔法の力を発揮するものなのだ。

Advice to Men

女性がボディタッチをされて心地よさを感じるのは、相手が自分にとって特別な人の場合である。特別な感情を抱いていない人からのボディタッチは、痴漢行為またはセクハラ以外のなにものでもない。

女性をわかってあげること、それが優しさ

女性が男に最も優しさを感じるのは、相手が自分のことを理解してくれていると実感できたときだろう。そして、どれだけ自分をわかってくれているかによって、女性が感じる優しさの度合いが違ってくる。言い換えると、自分に対する相手の理解度とその人の優しさの度合いは比例するのである。

そして一番問題なのは、男が相手のことをよくわかっているつもりでいるのに、その女性から「あなたはわたしのことをちっともわかっていない」と非難されることが多い点である。自分ではわかっているつもりなのに、それを否定されてしまったら、男の立つ瀬がない。

本当に理解できていないのか、それとも理解していることを伝える方法に問題があるのか。そこのところを考えてみたい。

ニューヨーク生まれのエリザベス・ワーツェルが二十六歳のときに書いた『私は「うつ依

存症」の女』（滝沢千陽訳、講談社）という本がある。うつになってから克服するまでを体験に基づいて綴った自伝的小説なのだが、この本の後半に、わかってもらえるとはどんな感じなのかが具体的に書かれた部分があるので、まずは簡単にストーリーを紹介しておこう。

教育熱心な母親に育てられた主人公リジーは、ハーバード大学に入学し、才能あるライターとして将来を嘱望《しょくぼう》されていた。しかし、母親の過度な期待や音信不通となっている父親との関係などの精神的重圧を抱えている。母からはずっと愛されていないと感じている。そこに友人とのトラブルや父親の突然の訪問などが重なり、精神が不安定になっていく。絶望の淵に立たされたリジーは、自傷行為や自殺未遂をくり返し、さらにはドラッグに溺れてしまう。

そんな彼女が立ち直るきっかけとなったのは、強盗に遭《あ》って怪我をした母親を見舞いに行ったことだった。親戚が皆帰った後、彼女は母と二人きりになる。心細さから周囲の人を傷つけるような傲慢な態度に出てしまう彼女は、母親に反抗するように心の中の思いを吐露する。学校にも行ってないし、働いてもいない、自分が怠け者に思えてくるなど……。

すると、母はリジーに「あなたはうつ病なんだから何もできなくて当然なのよ」と語りかける。母親からそう言われて、リジーはようやくうつ病という自分の現実に正面から向き合う力がわいてくる。彼女は母の胸に身をあずけながら、母はわかってくれている、これからはきっとうまくやっていけるだろうと思うのである。

それまで母親はリジーにできないことがあると、まるで怠け者であるかのように責め立ててばかりいた。そんな母親から、「何もできないのはあなたのせいではない」と言われたことで、リジーはようやく背負ってきた精神的重圧から解放されたのである。リジーはこのとき初めて母に理解されたと思えたのだろう。この描写の中に、「優しさ」という言葉は出てこないが、リジーは自分をわかってくれたことに、母親の優しさを感じたのかもしれない。

このような感情の流れは、母と娘の間にのみ生まれるものではない。

女性は自分をわかってくれる男を優しいと感じる。ところが、「どんなタイプの男性が好きなの？」と聞かれたときに、彼女たちはそんな感情の動きは説明せずに「優しい人」とだけ答える。肝心なところを省略してしまうのだ。

だから、そう言われた男は具体的なイメージがよくつかめず、

「優しくなくても逞《たくま》しければそれでいいじゃないか」

「収入の多い男が本当はいいんだろう」

「美形の男が好きなくせに」

「俺の知ってる女性は、強い男がいいと言ってたぞ」

などと、異論反論の類を口にしたくなる。

おまけに女性たちは、「優しい人がいい」と言ったその舌の根の乾かぬうちから「恋愛だけの優しい男はつまらない」などと言ったりもする。

この言葉は、ますい志保（銀座のクラブのママ）が書いた本の中にも書かれていた。恋愛にばかり力を尽くすような男はダメ、男は仕事あっての男なんだから……だそうだ。

仕事ができて、なおかつ自分のことをよくわかってくれる。そんな男性が、女性たちにとっての理想像なのだろう。

現代の若い男たちは、果たして優しいのだろうか？ 確かにやさ男は増えたように思う。見た目はすらりとして優しげな男が。

しかし、彼らは本当に女性のことがよくわかっているのだろうか、そんな疑問をもってしまう。なぜなら、その女性の欠点を本人に面と向かって言おうとしないから。これは若い男にかぎったことではないのかもしれない。男たちは皆、そんなことをしたら女性の怒りが爆発するのではないかと戦々恐々としている。

もちろん、指摘するタイミングは重要である。言い方も吟味しなければならない。欠点を指摘した後で「そこを直せば、もっと魅力的になるよ」とフォローすることさえ忘れなければ、女性は決して怒らない。いや、かえって「この人は理解してくれている」との思いを深めるのである。

現代人に共通の傾向として、男も女も濃厚な人間関係を嫌う。しかし、優しさや相手への思いやりは深い人間関係の中で培われるものだろう。浅いつき合いしかしないから、優しさは育ちにくくなっている。優しさを鍛える機会がないからだ。それにもかかわらず、女性は男に優しさを求める。優しさを育てる畑が減っているのだから、優しさに出合う機会が少なくなるのは当たり前だろう。

少なくとも一人の女性をわかってあげるためには、それ相応の時間がかかるのを、男はもちろん女性にも承知してほしい。

Advice to Men

「優しい人が好き」という女性は、「自分のことをわかってほしい」と願っている。自分を理解してくれる男性になら心を許せると考えている。

女性を感動させる男の情熱

「愛」や「優しさ」を際立たせるのは「情熱」である。

情熱をきちんと行動にして示すと、女性はとても感動する。その効果は男が想像するよりもずっと大きい。それは、自分のために大金を使ってほしいということではない。大金よりも男が自分のために何かをしてくれたことに対して、多くの女性の心は動かされる。

女性誌の編集者をしていたころ、「そうか、女性はこういうことで感動するんだな」としみじみ感じたことがあった。その雑誌では毎号のように読者の体験記を募集していた。読者の手記のページは現在の女性誌でもよく見られるが、男性誌ではこうした企画はあまりやらない。どうやら女性のほうが、他人の体験を知りたいという欲求が強いのだろう。それはさておき、担当者であるわたしは応募された手記のなかから優秀作を何点か選んだ。

そのなかに、生活破綻《はたん》者といえるような男との体験を綴ったものがあった。仕事はろくにせず、お金があればすぐに使ってしまう。当然、貯蓄などあるわけもなく、その日暮らしを続けている。喧嘩っ早く、出かけていっては暴力沙汰を起こす。そんな男だった。ただ、投稿者である彼女に対しては暴力をふるわなかったという。

最近は、ドメスティックバイオレンスなどといわれ、夫や恋人からの暴力が話題になっているが、当時はまだそんな言葉は一般に使われていなかったし、そうした事例を耳にすることもあまりなかった。マスコミが取り上げなかったから気づかなかったというのも確かだろうが、それにしても最近のこの手の話題の多さは尋常ではない。

話がそれたが、投稿者の恋人は彼女には暴力をふるわなかったわけだから、喧嘩っ早い性格であっても、暴力をふるう相手はそれなりに選別していたようだ。少なくとも自分の身近にいる人間にはそうしてはならないという不文律が心のどこかで働いていたにちがいない。

わたしがその手記の中で注目したのは、その男が女性に会いに来るシーンだった。二人はクルマで五、六時間もかかる遠く離れたところに住んでいたというが、その男は彼女に「会いたい」と言われれば、真夜中であっても夜を徹して車を走らせて女性に会いに行くのだった。そのことを投稿者は鮮やかな思い出として書いている。わたしだったら、夜中にクルマで五、六時間もかけて女性に会いに行くなど、まずしないだろう。往復で半日近くもかかれば仕事に差し支えると、心のどこかでブレーキをかけてしまう。しかしその男は、そんな分別くさいことは考えない。彼女のためとあれば、とにもかくにもすぐ行動する。女心を理解しているという点では、手記中の男のほうがわたしよりも一枚上手《うわて》といえるだろう。

男が自分のために思いも寄らないことをしてくれると、ほとんどの女性は感激する。その行動に意外性があればあるほど感激の度合いは強い。女性とはそういうもの、と思って間違いない。自分のために思いきったことをしてくれる男。自分のためにはなりふりかまわず行動してくれる男。自分のために膨大なエネルギーを費やしてくれる男。そうした男が女性には光り輝いて見える。もちろん、そんなことが現実にできる男は少ない。気持ちはあったとしてもなかなか行動には移せない。その普通はできないことを自分のためにしてくれるのだから、女性にはたまらないのである。

高価なプレゼントをもらうよりも、夜中にクルマを五、六時間も走らせて会いに来てくれるほうが、女性はずっとうれしく感じる。プレゼントは金さえあれば買えるが、長時間かけて会いに来るのは相当な精神力とエネルギーがいることを、女性はちゃんとわかっている。

そんな男の情熱は女性の心を惑わせる。情熱が欠点を補い、ときには欠点に目隠しをしてしまうからである。

わたしはその手記を読んでいて「どうしてこんなに立派な文章を書く女性がこんなひどい男と……」と感じた。その手記は感情に走ることなく極めて冷静に書かれ、文章もしっかりしていて知的な感じさえ受けた。だから、その女性と仕事もろくにしないその男がどうにも不釣り合いに思えてならなかった。

わたしは手記が入選したことを告げるために、その女性に電話をした。電話口に出た彼女のしゃべり方を聞いてますます、いつも冷静で知的さを失わない女性のように思えた。彼女は落ち着いていて教養もありそうで言葉遣いもしっかりしていた。

わたしは思わず、考えていたことを口にしてしまった。

「あなたのような人がどうしてこんな男と……」

彼女の答えはこうだった。

「よくわからないんです」

正直な答えだとわたしは思った。手記中の男は彼女の理性を失わせる何かをもっている。そんな男だからこそ、彼女は彼にひかれてしまったのだろう。

この男のような生活破綻者は特殊な例である。しかし、女性が男に何を求めているかについて語る、きわめて象徴的な例といえよう。

女性は自分に対する情熱を男に求めている。男の情熱は映画やテレビドラマの中だけのものだなどと思ってはいけない。決して過去の遺物ではないのだ。昔も今も変わらず情熱的な男は女性にもてる。大金など使わなくても、情熱さえ見せれば女性の気持ちを引きつけることができる。時間を惜しんでいては情熱は伝えられない。女性のためにやることに、骨身を惜しんではならない。

また、冷静な判断力も情熱の邪魔をする。「分別くささ」と「情熱」は対極にあるものだ。慎重にあれこれ考えているうちに情熱はしぼんでしまう。だからといって、情熱に身を任せてばかりいると、軽薄な男に見られてしまうこともあるので、そのさじ加減が難しい。

それにしても、手記に登場した男は計算のうえで五、六時間もかけて女性に会いに行ったのか、それとも本当に会いたい一心だったのだろうか？　この答えは本人にしかわからないことだが、あれこれ想像をめぐらすのは面白い。

Advice to Men

女性にとって男の情熱は理性を失わせるほどの魔力をもつ。男の情熱を感じると女性は分別を失い、自ら情熱に身を任せるようになる。

いい男は「ごめんね」と女性に素直に謝れる

ある日スポーツクラブに行ったら、ものすごく激しい口論をしている中年の男女がいた。

二人のやりとりから、どうやら筋力を鍛えるマシンのウエートをおいたままにしたかしないかが原因であることがわかった。ウエートはトレーニングの負荷を大きくしたいときに使うもので、マシンを使う人が自分で載せて負荷を調整し、使った後はそれを自分で元に戻すのがマナーである。そのウエートを載せたままにしたことを、中年の男性が女性に注意したのがきっかけらしい。

しかし、そうカッカして怒るような問題でもない。男があれほど激怒したのは、注意したときの女性の態度に問題があったようだ。しかし、女性も負けてはいない。

しきりに「謝りなさいよ」と男を責め、それに対して男のほうも「謝る必要はない」と反論している。

どうやらウエートを元のところに戻さなかったのは、その女性ではなく別の誰かだったらしい。男の勘違いで女性は濡れ衣を着せられ、それを謝らない男に腹を立てていた。男の思い込みが発端となっているのだから非は自分にあるのは明白で、男もそのことはわかっているのだが、注意したときの女性の態度がどうしても許せなかった。だから、そういう女性に謝る必要はないと居直ったのである。

水掛け論というやつで、クラブのインストラクターが中に割って入ってようやく一件落着となった。

これは男が思い違いをしたときに示す態度の典型的なパターンといえる。

ちょっとした勘違いが原因で喧嘩になったとき、男は途中で自分の思い違いに気づいても、タイミングを逸してしまうとなかなか誤りを認めることができない。男の怒りの矢は一度放たれたら、相手に受け止めてもらわなければ収まりがつかない。

間違っていることに気づいた以上、頭の隅では「自分が謝らなければいけない」と考えてはいる。わかってはいるのだ。しかし、ひとたび怒りに火がつくと、その感情がなかなか鎮まらず、そうこうしているうちに、引っ込みがつかなくなってしまう。

しかも、男には男のプライドがある。これは女性を守ってあげたいという気持ちが、女性より強くなければならないという思いに変わり、さらにその思いが女性になんぞ負けてなるものかと発展したものではないだろうか。女性は自分が守るべき相手である。そんな女性に負けてはならない。こんな思いがあるから、相手が女性の場合、とくに「謝りたくない」という気持ちが強く働く。だから始末が悪い。自分が間違っているとわかっていても、何が何でも正しいと押し通そうとしてしまう。

四、五十年前なら、右のものを左と言ったって「男だから」という理由だけでまかり通ったのかもしれない。しかし、現代ではそうはいかない。大喧嘩の果てに見向きもされなくなるのがオチだろう。女性のほうが少し大人になってとりあえず「はい、はい」と頭を下げてくれれば収拾がつくのだが、とかく正論をふりかざしたがるのが女性なのだ。

正論で真っ向から攻撃されると、プライドを傷つけられ、男はますます頑《かたく》なになる。女になんかに謝りたくないと意固地になる。こうなると、自分が間違っているかどうかなど関係ない。意地でも正しいと押し通すしかなくなる。

しかし、女性の出方を素早く察知して、無難に解決する方法を選択できれば大事には至らない。

それは至極簡単なことなのだ。

「ごめん、わたしが思い違いをしていた」

と、素直に謝ればいい。

例のスポーツクラブの女性も、自分は悪いことをしていないのだからそのことを相手の男に認めてもらいたかったのだろう。ただそれだけのこと。男が自身の思い違いを認めてさえくれれば、それだけで女性は満足する。

ところが、男はそうそう簡単には謝らない。自分の誤りを認めたがらない男が多いから、自分の非をきちんと認めて謝ることのできる男は、女性にはかっこよく見える。だから、謝ってもらえさえすれば、すぐに女性の怒りの炎は鎮火するのである。

しかし、謝罪がなかなか得られないと、女性はパニック状態になって感情を爆発させる。こうなると、感情を自分で制御できなくなり、自分自身を見失ってしまう。

その点、男は、もう後には引けない、女になんかに謝れるかと怒っていても、自分自身を完全に見失うようなことはない。怒りの感情が体中を駆けめぐっているときも、判断力を失ってしまうことはない。だから、自分の間違いはちゃんとわかっているし、実は謝ろうと思えば謝れるだけの冷静さをもっている。

ただ、心の片隅で、この女性と同じように感情的になって対抗しないと負けると、自分自

僕がまちがってました!!!
パシャ
パシャ
謝るが勝ち

身の感情を煽《あお》り立てているようなところがある。つまり、「女なんかに負けたくない」という男のプライドが素直に謝ろうという気持ちを遮《さえぎ》る。しかし、プライドとは何の根拠もないものなのだ。このことを男はきちんと押さえておく必要があろう。

男はどんなに怒りの炎を燃え立たせていても冷静さを残しているが、女性はパニック状態に陥って見境がなくなってしまうのだから、火に油を注ぐようなことをするのは決して賢明とはいえない。動物は追いつめられると、自分よりも体の大きい相手にも体当たりでかかっていくという。女性にはまさにそんなところがある。

不幸にも女性と言い争いになったら、女性が見境がなくなる前に事を収める方法を見つけるしかない。女性の感情は爆発する。男は、女性の感情が爆発する前に策を講じなければいけない。爆発したら最後、どうにも手の施しようがなくなる。

Advice to Men

男から女性への謝罪は事態を素早く収拾する最善の策。それができる賢い男は周囲の女性たちからも尊敬されるにちがいない。

知ったかぶりをする男は知恵に欠ける

女性は賢い男を求める。それは、女性の男を見る目が磨かれ、男の価値を判断する基準が高くなっているからだろう。男に対する判断レベルは、女性の進化とともに上がってきた。明治よりも大正、大正よりも昭和、昭和よりも平成というふうに、女性たちは休みなく進化している。女性の進化のスピードは速く、その速さに気づかない男はおいてきぼりを食らう。女性の側に立って言えば、女性の進化のすごさを知らないような男は相手にする価値などないのだ。残酷かもしれないがこれが現実というものだ。

第1章で書いたように、女性たちは現実を鋭くキャッチし、現実に即応しながらカメレオンのように自分を変えていく。それは男を見抜く力についても同様で、年々男たちを見る女性の目は厳しくなっている。ひと昔前なら女性は同年代であっても男には敬意を払ったものだが、今は同年代の男は「頼りない」と感じるのか、敬意の「け」の字も感じられない。

進化した女性たちは男を決して外見だけで判断しない。女性のアンテナは男の知恵に向けられている。彼女たちのアンテナは恐ろしく感度がいい。男の知恵がどの程度のものなのか、瞬時に見抜いてしまう。

たとえば、男が女性を伴って高級レストランに行ったとしよう。まず、ワインを選ばなければならない。この選び方で女性は男の知恵を測る。

高級レストランに行き慣れている男なら、ワインを選ぶときにそれほど困ることはないだろう。「いつものやつね」で済む。あるいはソムリエも舌を巻くほどのワイン通であれば、それだけで女性は彼を尊敬するだろう。しかし、そんな男はそうそうはいない。

特別な日だから女性を喜ばせようと、思いきってめったに足を踏み入れない高級レストランに出かけた男にとって、ワイン選びは楽しい食事のひとときの前に立ちはだかる大きな壁なのである。この難関をうまく乗り越えなければせっかくのムードが台なしになってしまう。そう考えると、体中に緊張が走る。しかし、女性の前でそんなそぶりを見せるわけにはいかない。できるだけスマートに見せようと、事前にマニュアル本で仕入れたにわか仕立ての知識を、女性とソムリエの前で懸命に披露するのである。

しかし、ワインについてはソムリエのほうがよく知っている。当たり前のことだ。そんなことに気づかない男は、女性から見たら大マヌケでしかない。付け焼き刃の知識などちょっと聞いただけで、すぐにわかってしまう。受け売りであってもごまかせるなど、浅はかな考えでしかない。

こういう男は、知恵を知識と取り違えているのだろう。知恵があるとは物事の処理能力に長《た》けているということ、知識があるとは情報量が豊富なことを指す。

女性は男のもっている知識の量に感心するわけではない。女性は勉強好きだから、むしろ知識は男よりももっていることが多い。それよりも、相手の男の経験を重視する。経験のなかから生まれるのが知恵だ。

その知恵に女性は関心がある。

その男がいかに適切に処理できるのか。女性の関心事はその一事だといっても過言ではない。百科事典や専門書、雑誌などに掲載されている知識は本から学べるが、知恵は本には書いていない。知恵はその人の生き方によって身につくもので、勉強したからといって身につくものではない。

知恵のある賢い男は知ったかぶりなどせず、ソムリエに相談する。相談とは名ばかりで実際にはソムリエに任せる。しかし、ただ任せるのではない。どんな感じのワインが飲みたいかを、きちんとソムリエに説明する。もちろん、その前に女性にもちゃんと尋ねる。女性が飲みたいワインを聞いて、それをさらにわかりやすくソムリエに伝えられれば、相手の女性はその男に一目おくだろう。

そんなやりとりを女性はチェックしている。彼女は目の前の男がどれほど賢いのか、彼がもつ表現力がどの程度のものなのか、まるで入社試験の面接官のように注意深く耳を傾けている。そして、何食わぬ顔で採点している。

経験からしか身につけられない処理能力、いわゆる知恵は、まさに男の能力を測る基準にふさわしい。その処理の速さや的確さが女性のハートをつかむ重要なポイントとなることはいうまでもない。

Advice to Men

知ったかぶりはすぐに見透かされる。知識がないときは、知恵を働かせて相手の知識を引き出すことだ。

品がよくてエッチな男に女性はひかれる

「品」というのは『徒然草』にも出てくるぐらい、昔からあった言葉である。当時は「ひん」とは言わず「しな」と言っていたらしい。現代では「しな」と「ひん」とは使い分けられる。売買の対象となる商品は「しな」で、人や物に自然に備わっている気高さを「ひん」と言うことが多い。「しなをつくる」といったときの「しな」は愛嬌や嬌態のことを指すし、仏教用語では極楽浄土を三つに分けて「上品《じょうぼん》」「中品《ちゅうぼん》」「下品《げぼん》」と呼ぶが、その場合の「品」はランクを意味する言葉となる。

ここで取り上げているのは、言うまでもなく、人が備えているべき品位・品格のことである。

品のいい男とエッチな男は対極的な関係にあるように思える。しかし、こういった二面性をもつ男を女性たちは求めている。

顔つき、目つきにいやらしさがにじみ出ているような男は、もちろん問題外。まるで値踏みをするかのように、いつもじろじろと女性を見ているような男は最初から失格である。そんなスケベ心を丸出しにしているような品のない男を、女性は歯牙《しが》にもかけない。

しかし、普段はとても紳士的な男が自分に対してだけ見せるエッチな顔には、女性は魅力を感じるようなのである。

このことは、男からすると女性に関する七不思議の一つといえる。この理由を分析していくと、女性が小さな変化を好むことに関係しているのかもしれない。

たとえば、女性のおしゃべりを聞いていると、あちこちに話題が飛んでどんどん変化する。今までペットの話をしていたかと思うと、いつの間にか話題はダイエットに移っている。ダイエットの話がもつのもほんの束の間で、次は芸能人についてのうわさ話が始まっている。

男はこうした会話になかなかついていけない。会話の中に入ろうと何か言おうとしたときには、たいがいもう別の話題に変わってしまっている。一方、一つのことについて延々と議論する男の話に、女性は根気よくつき合うことがなかなかできない。

話がころころと変わるのは女性が小さな変化を好むからで、話題の転換が女性たちをイキさせる。同じように、女性たちは男に対しても小さな変化を求めるのである。

マナーもよく、会話も洗練されていて、もちろん教養もある。そんな男が自分と二人きりになったときにだけ見せる、ちょっとエッチな顔、言葉、仕草……。その意外性に女性はひかれる。

品行方正なだけの男では女性は物足りない。

紳士的な男は第一印象はいい。しかし、紳士的すぎる男と長時間一緒に過ごすとやがて退屈になる。女性を飽きさせないためには、もう一つの顔が要求される。

紳士的な横顔に少しだけ覗《のぞ》かせるエッチな顔……もちろん、エッチな顔を見せるときはかわいらしさも必要だ。露骨ないやらしさを女性は好まない。かわいらしさでいやらしさを包み隠しながら、ちょっとだけ覗かせる。それが上品でエッチな男の極意なのである。

Advice to Men

品がよくてエッチな男に女性は魅力を感じる。しかし、品よく見せるには普段はエッチな心を封印しておかなければならない。

くどくどと苦労話をする男は、男の風上におけない

潔さも女性が男に求める要素の一つだろう。

潔さは次のような言葉に置き換えられる。

強さ。

勇気。

さりげなさ。

思いきりのよさ。

つまり、これらの要素を女性は男に求めているのである。

なぜかというと、これらは単純明快だから。

何事にも迷い、物事を複雑に考えがちな女性たちは、自分にはない思いきりのよさを男に期待する。

米山公啓の著書『男が学ぶ「女脳」の医学』には、女性が問題を複雑にしてしまうのは脳の専門性が進んでいないからだと書かれている。ものを考えるときに、問題を一つに絞りきれずに、ああでもないこうでもないと考えすぎるから結論が得られない。あれもこれもと欲張りすぎるところに問題がある、と。

そんな女性たちは快刀乱麻を断つような男の潔さにあこがれる。ところが、男たちはそれに気づかない。だから、女性に潔さとはまったく無縁の苦労話をついしてしまう。

とくに年長者は、ついうっかり苦労話をしてしまいがちだ。わたしもある程度の年配だから苦労話をしたくてうずうずしている。本人には「こうした苦労を積んだからこそ、今の自分がある」との思いがあるから、その話をしたがるのだろうが、聞かされる女性にとって苦労話は所詮過去のもの。つまり、話す男にとっては過去と現在はつながっているが、聞かされる女性にとっては過去と現在との接点が見つけられない。だから、ちっとも興味がわかない。

そうした話を嫌う原因をもう少し深く探っていくと、女性たちが他者に影響されやすいことにあるように思える。

女性たちはちょっとでも興味のあることは素早く取り込んで自分のものにするのがうま

い。そうして、どんどん進化していく。

話はそれるが、女性が取り込む情報の選別の仕方には少し問題があるように思う。

たとえば――。

学校の先生の話は聞かないのに、好きなミュージシャンの話は簡単に取り入れる。

会社の上司の話には耳を傾けないが、有名な評論家の意見には従う。

マスコミで取り上げられた店に押しかける。

テレビで話題になったサプリメントをすぐに買う。

ブームになっているダイエットを試す。

などなど、女性たちはろくに吟味しないで何にでも飛びつくところがある。チャレンジ精神旺盛といえば聞こえがいいが、考える行為を省いているのも事実だ。考えたところで何も始まらない。そんなあきらめの気持ちを心のどこかに女性は抱いているのだろうか。

どんなことにも良い面と悪い面があるので、何にでもすぐに飛びつく女性たちばかりを責めてもしかたない。昔に比べ最近は、女性みたいに影響されやすい男もぐっと増えているのも事実だ。

話を本題に戻そう。

女性はろくに吟味もしないで何にでもすぐに飛びつくといっても、それはあくまでも本人が興味をもっていることにかぎる。影響されやすい女性たちは、自ら影響を与えてくれるものを求めている。興味のないことから影響を受けることはまずない。だから、自分に影響を与えてくれないものにはほとんど意味がないと割りきってもいる。

男の苦労話は女性たちに何の影響力も与えない。だから、意味のないものとして女性たちから切り捨てられているのである。

さらにいうなら、苦労話というのは実は自慢話である。苦労は隠れ蓑《みの》で、実際には自慢したくてしようがないだけ。そんな胡散臭《うさんくさ》さを女性たちは感じている。

苦労話には過去は過去なんだという思いきりのよさがない。現在の自分について語ることこそ潔い。女性はそう思っているし、それは完全に正しい。

Advice to Men

女性は男に潔さを求めている。自分を一八〇度変えたような大きな体験であっても、長々と過去の話をするのは潔さを否定する行為である。

同性の愚痴は喜んで聞くが、男の愚痴は聞きたがらない

女性は悩み事の相談に乗るのが好きだ。愚痴も親身になって聞いてあげる。しかし、それは相手が女性の場合にかぎる。男の悩み事や愚痴はほとんどの女性が嫌う。そのくせ、女性は自分の愚痴を男に聞いてもらいたがる。

女性が同性の悩み事や愚痴を聞くときは、相手の女性から語られる体験を自分の身に置き換えているのだろう。

会社でセクハラをする上司がいる。

先輩の女性にいじめられる。

カレが浮気しているみたいなの。

カレと喧嘩して、仲直りができないの。

こういった同性の体験は、いつ自分の身に降りかかるかわからないものだ。他人事ではな

い。だから共感できることも多い。そんなときに自分だったらどうするだろうか。そうした想像力を働かせながら答えを模索する。こうした作業は楽しいものなのだろう。

もちろん、悩み事を抱えている相手は楽しいはずはない。落ち込んで暗い顔をしているから、聞いている女性も態度は神妙である。しかし、内心では自分の身に置き換えてあれやこれやと想像を巡らせて楽しんでいる。だから夢中になれるし、時間を忘れて何時間でも親身になって話を聞くことができる。

一方、男の悩み事や愚痴は、話を聞いても自分の身に置き換えることはできないような内容がほとんどだ。だから退屈してしまう。退屈な話を長々と聞かされているうちに、だんだん腹が立ってくる。愚痴は何も解決しない。もちろん愚痴には強さも勇気も感じられない。言ってどうにかなるわけではないことを、いつまでくどくどとしゃべっているんだ、と。退屈した女性たちの想像力は、まったく違う別の方向へ働き始める。

愚痴を言う男は潔くない――。

こうして愚痴や悩み事を女性に話す男は、女性たちからダメ男の烙印を押されてしまう。そんな男と一緒にいるのは時間の無駄でしかない。女性はこういうときには迷わない。見切りをつけるのが早いのだ。男のように未練などもたない。なんだかとても残酷なようだが、男と女のつながりなど所詮この程度のものだろう。

もっとうがった見方もできる。女性は同性の悩み事を聞きながら、自分の幸福度を測っているのかもしれない。悩み事や愚痴に出てくるのは、不幸な話と相場が決まっている。

カレから別れ話をされたが、別れたくない。

つき合い始めたらとんでもない男だったので、別れたいけどどうすればいいかしら。

これらの話を聞きながら、自分のカレと比べている。悩み事に登場する男は、女性にとっては「ひどいカレ」であることが多いから、比べることによって、今の自分の幸福度を測っているのである。

幸せというのも愛と同じで、つかみどころのないものである。なかなか実感できない。決して人の不幸を喜んでいるわけではないが、不幸な人がいるとその人と比べることで自分の幸福を実感することができるのも事実だろう。

Advice to Men

女性に愚痴を言うときは、女性が共感できる話かどうかをよく吟味する必要がある。同じ愚痴でも女性を退屈させなければ、ダメ男の烙印を押されることはない。

少年っぽさと子供っぽさとを混同してはいけない

女性はよくこんなことを口にする。

「少年のような男の人が好き」

男も女も大人になるにつれて、どんどん保身に走り、考え方も保守的になっていく。子供のころは夢でいっぱいだったのに、大人になると現実しか見えなくなる。心の中には好奇心が満ちあふれていたのに、いつの間にか自分のまわりのごく狭い範囲のことにしか関心がなくなる。他人がどう思うかばかりを気にして、思いきったことができない。

さらに、日本人の場合は年を取れば取るほど冗談を言わなくなる。もともと気質的にユーモアが苦手だから、大人になるに従ってユーモアとはますます無縁になっていく。

こうして柔軟な心を忘れてしまうのである。

しかし、いつまでも若さを保ちたいと願っている人は多い。

女性は若さを肌の状態や体型などで測るが、外見と精神はつながっている。だから、見た目が若ければ気持ちも若い。男の若さは逆に、精神的な若さで測る。少年っぽさとはそうした気持ちの若さのことを指し、少年っぽさを感じさせる人はときとして実年齢より十歳以上も若く見えたりする。

少年っぽさとは、具体的には、「年だからやめよう」などと言わないことだったり、野球やサッカーその他のスポーツに熱中したり、ジーンズが似合ったり、恋人や妻などからのプレゼントに素直に喜んだり、仕事に対しても玩具で遊ぶように嬉々《きき》として取り組んだりといったことだ。つまり、自分の感情を真っ直ぐに表現するとか、何かに夢中になれるなど、大人になるにつれ、なくしてしまいがちなものをもっている人のことを指している。

子供のころのことを思い出してほしい。少年だったあなたは、小さなことにも楽しみを見いだしていただろう。つぎつぎに新しい楽しみを発見し夢中になった。それを大人になってもできる男に女性は魅力を感じるのである。男の言動のなかに子供たちがもっているような純粋さを感じたとき、女性の母性本能は強くくすぐられるのだろう。

また、女性は自分でやらなくても、楽しそうに何かをしている男を飽きずに見ていることができる。

たとえば、サーフィンをやっている男をビーチからただ見守っている女性をよく見かける。仕事を忘れて波に乗るのに夢中になっている男と、自分はやらないのに一緒についてきて男の姿を何時間もただ見つめているだけの女性。男からするとさぞ退屈だろうと思うが、実際には女性は退屈するどころか、心から楽しんでいる。草野球やクルマの草レースに興じる男を応援に行く女性も同じだろう。彼女たちは自分がレースに出たいなどとは、まったく考えもしない。心を躍らせ、目をきらきらと輝かせながら夢中になっている少年っぽさ全開の男を見ていれば、それだけで満足する。

無邪気に楽しんでいる男を見ているだけで心が満たされる。男にはそういうところがないので、女性のそうした心理がなかなか理解できない。しかし、女性には男を見守りたいという本能のようなものがある。

少年っぽさは心のもちようにあるから、年齢は関係ない。たとえ五十歳を過ぎていようが、何かに子供のように一心に取り組む人であれば、女性は少年っぽさを感じるだろう。

ただし、少年っぽさと子供っぽさを取り違えてはいけない。

礼儀を知らない。人につっかかる。理由もなく反抗的、敵対的な態度をとる。意地を張る。素直さがない。ひねくれている。喜べない。虚勢を張ろうとする。相手をすべて敵とみなす。

被害者意識が強い。自分のことしか考えない。心から笑えない――。

以上のような態度や行為は子供っぽさである。これでは子供が駄々をこねているのと同じで、大人とはいえない。売り物にならない欠陥商品と同じで、そんな男には誰も手を出さない。

常識を守りながら子供のような心を思いっきり羽ばたかせることができるのが、少年っぽさである。少年っぽい楽しみ方は羽目を外すのとは違う。自分だけでなく皆で楽しめなければならない。つまり、少年っぽい男になるためには、大人であることが前提条件となる。大人の男でないと少年っぽくはなれない。大人になりきれていない男は、いくら少年っぽくしているつもりでも、子供っぽくしか見えない。

Advice to Men

女性が求めているのは、大人の男がもつ少年っぽさであって子供っぽさではない。大人の男が少年のような笑顔を見せるからいいのであって、もともと子供っぽい男が笑顔をつくっても鼻水を垂らした小僧が笑っているのと同じで、ちっとも魅力がない。

女性は迷いを誰かに断ち切ってもらいたい

すでに書いたように、女性はレストランで料理を決めるときにも迷い、つき合う男を決めるときにも迷う。しかし、迷うのは料理や男にかぎらない。

女性はありとあらゆるところで迷う。

女性はいつもどうしようかと決めかね、永遠に迷っているのかもしれない。だから、熟年離婚も言い出すのは女性のほうと相場は決まっている。彼女はずっと迷ってきた。その迷いは育児によって中断されたが、子供が成長すると再び迷いが生じる。

「この夫とこれからも一緒にいて、わたしは幸せなんだろうか？」

こうした迷いはもちろん若い女性にもある。いや、若い女性のほうがより多くの迷いがあるといっていいだろう。

結婚式を間近に控えた若い女性も迷う。

「結婚相手としてふさわしい、もっといい男性がいるかもしれない」

男からするとずいぶん失礼な話だ。自分がそうやっていつもほかの男と比べられているのだと知ったら、結婚しようとしている彼のその女性に対する思いは一気にしぼんでしまうにちがいない。

たとえば、あなたがカレのいる女性と二人きりで食事に行ったとしよう。そして、食事が終わり、バーなどに席を移す。こんなとき、女性はすでに迷っている。あなたとカレとを比べて迷っている。食事だけならと男について行く女性が多いことは第2章で書いたが、問題なのはバーにまでついて行くケースだ。食事の後の酒までつき合うときは、彼女の迷いはさらに増している。

こんなとき、彼女はあなたを試している。あなたの出方を窺っている。もちろん、彼女は迷っているなどという素振りはこれっぽっちも見せない。だから、大半の男はその事実を知らない。しかしこのとき、迷っている女性は男に決めてもらいたがっている。このことを男は知っておくべきだろう。

男女平等は仕事内容や賃金など会社での待遇を問題にするときに叫ばれることであって、男女関係ともなると、女性は自分からリードしようとはしない。そういう女性もいることはいるが、全体から見たら少数だろう。

それは女性が受け身だからではない。常に迷っているからだ。

そんな自分の迷いを断ち切ってくれる男を、女性は求めている。自分では決められないから、誰かに代わって決めてほしいと願っている。仕事も恋愛もそのほかの場面でも、この心理は共通している。ところが男は、女性がリードしてほしいと思っていることに、なかなか気づかない。そんな女性の心理に詳しい男は少ないから、そういう男はやたらもてる。

デートのときでも、女性の心理にうとい男と詳しい男の違いは如実に出る。女性の心理にうとい男は、事前に行く店や場所などデートコースをあらかじめ細かく決める。そうやってお膳立てしてあげると女性が喜ぶと信じて疑わない。

しかし、これはとんでもない勘違いである。

女性は次にどうなるかわからないようなデートを喜ぶ。

男がリードして決めてくれることを女性は望んでいる。しかし、あらかじめ計画してきたことを計画どおりにやるのでは、決めたことにはならない。デートコースの予定を立てて計画どおりにデートするだけではダメなのだ。女性はその場で決断できる男を求めている。

たとえば、予定していた遊園地が想像以上に混んでいた場合、すぐに代わりの候補地をあげて、女性の意見を聞いたら場所を決めて即座にそちらに向かうことのできる男。そういう男を女性は求めている。

混んでいる遊園地を目の前にして、女性は迷う。

「これでは乗り物に乗っている時間よりも待っている時間のほうが長くなってしまう。それで楽しいかしら？　でも今から場所を移しても、そこで楽しめるとはかぎらないし……」

そんな彼女と一緒に迷っていては、男のメンツは守れない。

ところが自分に自信のもてない男は、女性の心を思いやりすぎて迷ってしまう。

「彼女は本当はこちらがいいと思っているのではないか」

「場所を移して、もっとひどい状況になったら彼女から嫌われるのではないか」

と。

女性をリードすることと支配することは、紙一重といえる。

支配するというのは、女性の心を無視して男の思いどおりに事を進めることで、横暴でしかない。現代の女性は、支配されることは好まない。

一方、リードするというのは女性の意見を尊重しながら男が決断することである。言い換えると、女性の意見を聞いて、迷っている選択肢のなかからよりよいものを決めてあげることだ。女性はそれを望んでいる。だから、最終的な判断は男の独断と偏見でかまわない。男が決めてくれることを女性は待っている。こうして男が決めることを、横暴だなどと責める女性はいないと思っていい。

それだけではない。女性は自分では迷ってなかなか決断できないくせに、迷う男に向ける目は厳しい。ぐずぐずしていると、すぐにこんな鋭い視線でにらまれる。

「男のくせにこんなこともすぐに決められないの」

「意気地なし」

迷ってばかりいると、ここでもまた、ダメ男の烙印を押されてしまうことになる。

女性はむしろ即断できることを「男らしさ」と受け止める。

男らしさ――。それは決して死語ではない。決断するのは昔も今も男らしい行為だ。女性の迷いに男の決断、それはワンセットになっている。にもかかわらず、今は決断できない男がなんと多いことか。

つけ加えておくなら、決断は言葉によって示すより、行動によって示すほうが、女性に男らしさをアピールできることがある。

次にどこへ行くかを決めたら、黙って先に歩き始める。あるいは黙ってクルマを発進させる。男のこうした行動に女性は心を動かされる。

行き先がわからないのは、目隠しをされて手を引かれて歩いているようなものだ。心細くもあるが、目隠しをとったときに広がる光景を推理する楽しさがある。そんなちょっとしたスリルに女心はときめく。

以前もふれたが、女性は意外性を好む。計画されたことを計画どおりに運ぶよりも、計画にないハプニングのほうがワクワクするものなのだ。

そう考えると、決断は言葉で説明すべき性質のものではなく、行動で示すべきものなのかもしれない。

Advice to Men

女性はどんな小さなことにも迷い、自分ではなかなか決められない。だから、自分の背中を押してくれる男に男らしさを感じる。

細かいことをごちゃごちゃ言う男は嫌われる

まず、はっきり言っておきたい。細かさにかけては、女性は男よりも数段上だ。前にも書いたが、女性の脳は左脳と右脳の情報交換が素早いから、細かいことによく気づく。

たとえば、夫がうっかり燃えないごみを燃えるごみのほうへ捨ててしまう。それを妻が見つけると、たちまち「ビニールは燃えないごみよ、ちゃんと分けてちょうだい」と、とんがった声が飛んでくる。

お金に関してはもっと細かい。スーパーのチラシとにらめっこして、野菜と肉はこっちのスーパー、牛乳や醬油はあっちのスーパーと、値段の違いを頭に入れてから買い物に出かける。その値段の差はたかだか一円か二円、あっても二〇円くらいのものだ。普段、そうやって倹約しているから、思わぬ出費があったときに小遣いの追加を頼んでも、なかなか首を縦に振ってはくれない。

仕事でくたくたになって帰っても、食事の支度で手が離せないと妻は出迎えてもくれない。一人寂しく玄関で靴を脱ぎ、着替えて食卓につき一杯やっていると、塾から子供が帰って来る。夫が帰って来ても出迎えない妻が、子供が帰って来たときはちゃんと玄関まで足を運ぶ。食事の支度が終わったからだそうだ。そして、玄関に脱ぎ散らかされた夫の靴を見て文句を言う。

「ちゃんと揃えて脱いでちょうだい」

男は心の中で「そんな細かいことどうでもいいじゃないか」と思いながらも、それを口にすれば喧嘩になるのがわかっているから、ぐっとこらえて黙ってビールをあおる。

ついでに言わせてもらえば、昔は夫が帰ってくれば妻は必ず玄関まで出迎え、夫が玄関から上がると脱いだ靴を揃えてから夫の後ろについて部屋に入り、着替えを手伝ってくれたものだ。だから、靴を揃えるのは妻の仕事で、男は昔から靴を揃えて脱いだりはしない。

こんなことを言えば、生きた化石のような男だと非難されることはわかっている。だから、妻たちに自分の脱いだ靴を揃えてほしいと言うつもりはない。ただ、そういう歴史があるのだから、せめて仕事で疲れて帰って来た夫たちを細かいことで咎《とが》めるのはやめてほしい。

よく気がつくことは決して悪いことばかりではない。汚れや乱れが気になれば、まめに掃除をし、整理整頓をしてくれるから家の中はきれいに片づく。前にも書いたように、自分の書斎には手を出してほしくないが、ほかの部屋がきれいになっているのはいいことだと思っている。夫のネクタイが歪んでいることに気づいて妻が直してくれれば、夫は外で恥をかくこともない。

細かいことによく気づくという女性の特徴は、こう考えれば短所ではなく長所である。気がついても男を責めずに、その繊細な神経は大いに研ぎすませてほしい。

女性は、普段は細かいことによく気づき大ざっぱな男を責める立場にあるのだが、ときたまこの立場が逆転することがある。つまり、うっかりやってしまった失敗を男から責められる立場になることがある。

そんなとき、決まって女性たちが口にするのが、次のセリフである。

「そんな細かいこと言わないで」

わたしにもこんな経験がある。スポーツクラブに行って持参した運動用の白いソックスをはこうとしたら、右と左で長さが違っている。長いほうのソックスを下にずらしてはいて、どうにか人目を誤魔化したが、妻が洗濯したソックスをしまうときに間違えたのだ。たたんであれば長さの違いはわからない。まして、まさか右と左で長さの違うソックスを一緒にたたんだなどとは考えもしないから、タンスにしまわれていた長さの違うソックスをそのままバッグに入れて持っていき、はこうとしたときに初めてそのことに気づいたのだった。

綿の白いソックスは確かに見た目はどれも同じように見えるから、二足一緒に洗濯すると、どれが対のものなのかはわかりにくい。しかし、いくら見た目が似ていても長さが違えば子供だって間違えやしない。それを間違えるなんてどうかしている。腹を立てるのは当然だろう。

わたしは妻に文句を言った。しかし、口には出さなかったものの、妻は「そんな細かいこと言わないで」という態度だった。

このときだけではない。わたしが妻に文句を言うと、必ずといっていいほど「そんな細かいこと言わないで」という視線が返ってくる。

しかし、女性と比べれば男のほうが細かいことは言わず、ずっと大らかなのではないだろうか。

たとえば、男と女が待ち合わせをしたときのことを考えてみよう。

待ち合わせの時間に遅れるのは、男より女性のほうが多い。待たされるのはいつだって男のほうだ。待たされるといっても、女性が遅れるのは四分か五分、せいぜい長くても十五分ぐらいのものだ。それほど長い時間ではない。遅れた言い訳は、出ようとしたら電話がかかってきた、忘れ物をしたので取りに帰った、玄関に鍵をかけようとしたら鍵が見つからなかったなどのたわいのない理由ばかりだ。よくこんなにいろいろなことが起こるものだとあきれるが、本当か嘘かもわからないような理由を聞かされても、男はほとんどの場合文句も言わずに我慢している。

しかし、そんなことが四回も五回も続き、たまたま虫の居所が悪かったりすると、つい文句の言葉が口をついて出る。しかし、文句を言った途端、例の「まったく細かいのね」という批判の視線を浴びることになるのだ――。

どうやら、女性は男を待たせるのを当たり前だと思っているふしがある。

もちろん、男が待ち合わせに遅れることもある。男が遅れるのは仕事の後に待ち合わせをしたときが多い。つまり、遅れた理由は、ほとんどの場合、会議や打ち合わせが長引いたというやんごとなき事情によるものなのだ。しかし、男のほうが遅れると、まちがいなく女性の機嫌は悪くなる。

確かに、仕事で待ち合わせに遅れるときは、十分、二十分では済まず、ひどいときは三十分以上待たせることになったりする。だが、遅れたのは忘れ物を取りに帰ったからというような自分のミスによるものではない。待たせていることを忘れていたわけでもない。仕事の都合なのだ。男にしてみれば女性から「お仕事、たいへんね」と労《ねぎら》いの言葉をかけてもらいたいくらいなのだ。いや、労ってくれなどという贅沢は言わない。せめて不機嫌になるのはやめてほしい。

女性に不機嫌な顔を見せられると、男のほうもカッとなり「仕事なんだからしかたないだろ」と、謝るより先に、つい本音が喧嘩口調で出てしまう。

話がそれてしまったが、女性は男を待たせることが多いのに、男が待ち合わせの時間に一度でも遅れると文句を言う。もちろん、文句を言うか言わないか、その言い方にトゲがあるかないかは、待った時間の長さにもよるのかもしれない。しかし、毎度のように男を待たせておいて、そのことに文句を言われて「細かいことを言うのね」と開き直るのはやめてほしい。「細かいことを言う」と言われると、男はやりきれない気持ちになる。確かにソックスの長さが違っていたからといって、五分や十分街角で何もせずに立って待っていたって、明日から仕事がなくなるわけでもなければ、子供たちの命が危険にさらされるわけでもない。だから、「細かいこと」と言われてしまえば、そのとおりなのだが。

しかし、そんなことを言い始めたら、世の中のほとんどのことはたいしたことではない。

だから、男は何も言えなくなる。

きっと女性たちは、男はどんなことにも動じず、どんなことをも許容してくれる懐の深いものだと、勝手な理想を描いているのだろう。女性が男を「細かいことを言う」と批判するときは、頭の中にその理想像を浮かべ、比べているのだろう。だから、「細かいことを言う」という批判には、ほぼまちがいなく「男のくせに」という言葉がくっついている。つまり、「男のくせに、なんでそんな細かいことを言うの」と内心、思っている。

しかし、そんな決めつけをもたれても男は困る。完全無欠な男と比べられたら、どんな男も細かいことを言うつまらない男になりさがってしまう。

しかも、女性は事実よりも感情を重んじる。だから、道理に適わないことでも、感情を害されれば平気で相手に文句を言える。理不尽なことを言って怒る。なまじ議論などを始めると、女性はもっと感情的になってしまう。「男のくせに」と、女性はその一点を集中的に攻めてくる。

ついでに言うなら、何かのときにそのことを蒸し返すと、女性はまたすぐに感情的になる。つまり、今は感情的になっているから時間をおいて冷静になってから話し合おうと思っても、なかなかうまくいかない。時間をおいても結果は変わらない。なぜなら、女性は事実よりも感情を記憶しているから。

ここはひとつ、女性から男として認められるために、きっぱりと踏ん切りをつけよう。女性の感情を逆撫《さかな》でするようなこと、つまり理屈を通そうなどと考えるのはやめて、お互いがいい気分でいられることを重んじる。

これからは、女性からどんなに理不尽なことを言われてもじっと我慢しよう。洗濯したソックスは自分でたためばいい。女性に待たされているときは、街を行き交う人々の表情でもながめて楽しもう。もし自分が女性を待たせてしまったら、普段どんなに待たされることが多くても素直に謝ろう。

最初からあきらめていれば、それほど腹は立たない。

女性の求める大らかな男になる。そう思って実行しているうちに、どんなこともどうでもいい細かいことに思えてくるから不思議だ。

Advice to Men

女性はあなたを完全無欠な男と比べて非難する。「男のくせに」という言葉のなかには、あなたに対する大きな期待が込められている。

周囲の人たちに細かい気遣いができる人こそ男の中の男

所かまわず大声を出す。とにかく威張りたがる。大股開きで電車のシートに腰をかける。勝ち負けにこだわる。人を見下す。言葉遣いが荒っぽい。所かまわず煙草を吸う。男たちのこうしたデリカシーのなさに、女性たちはとくに敏感である。

恋人がデリカシーに欠ける人間であれば、自分に対して今はそんな素振りを見せていなくても、いずれ自分にもそうなるにちがいない。女性は鋭くそう察知する。だから、自分以外の人に対する男の態度に注意を払う。

わたしがこれまで会ったなかで最もデリカシーがないと感じたのは、目上の人に対する態度がなっていない若い男だった。

ある一流会社の応接スペースでのこと。そこは一般に開放されていて、その会社の人間でなくとも自由に出入りのできる場所だった。わたしはたまたまそこで時間を潰していて、その光景に遭遇した。

その応接スペースで、一流会社の二十代とおぼしき若い社員が、自分の父親ほどの年齢の人を相手に話をしていた。年輩の男性はおそらく下請けの会社の人なのだろう。若い社員は自分よりもずっと年上の人を見下すような態度をとっていた。高飛車というか、とにかく態度が大きい。年輩の男性は気の毒になるほどその若い社員にペコペコしている。

確かに会社の力関係でいえば、仕事を発注する側のほうが強く、仕事を請け負う側のほうが弱い。しかし、たとえ仕事を発注する側の会社の人間であっても、その若造にとって年輩の男性は人生の先輩であることに変わりはない。尊敬こそすれ、見下す立場にはない。

もしこんな姿を恋人が見たら、幻滅するにちがいない。この人は今はわたしのことを大切にしてくれているけれど、結婚して子供ができてわたしが働けなくなったら「俺が食わせてやっているんだ」と横柄な態度に変わるに決まっているわ、と。いくら一流会社に勤めていても、こんな本性を知れば、げんなりしてさっさと三行半《みくだりはん》を突きつけるだろう。

この若いエリートサラリーマンの態度は、体の中で生成されるテストステロンの働きと関係があるのかもしれない。

テストステロンとは男性ホルモンの一種で、多く分泌されると闘争的で短気になる物質である。男が勝ち負けにこだわり、争いごとを好むのはこのテストステロンの影響といわれている。若いエリートサラリーマンの下請け会社の年輩の男性に対する応対ぶりは、自分の優位性を誇示するためにとった態度にも思える。直接攻撃するのではなく、間接的に攻撃したのかもしれない。

あるいは、エリートサラリーマンは自分の目の前にいる年輩の男性を「競争に負けた男」と断じていたのかもしれない。もしそうなら、若い男はその年輩の男性に勝っているという確信をもっていたことになる。

しかし、その勝負づけはいったい何を基準にしたものなのだろうか。

多分、その若い男は一流会社に就職した時点で、競争社会の中でエリートという看板を勝ち取り、人生に勝利したと勘違いをしてしまったのかもしれない。もしそうだとしたら、これほどデリカシーのない話はない。

競争とか戦争とかを好まない平和好きの女性は、男にデリカシーを要求する。周囲の人間たちへの気配りを求める。どんな立場の人に対しても気遣いができる男が、彼女たちにとっては男らしい男なのだ。

競争心や攻撃性があるのは男として当然で、それらをもっていることは欠点ではない。しかし、競争心や攻撃性は敵に対して発揚されるべきものであって、どんな相手にも見境なく見せるのは幼稚なだけだ。精神的な未熟さを露呈しているだけといえるだろう。

自分の中にある攻撃性をコントロールできるようになれば、その男はデリカシーをもった大人の男へと成長する。そんな大人の男が女性には魅力的に感じられる。

あなたがもし女性によく思われたいのなら、周囲にいるさまざまな人たちに対して謙虚に接してほしい。女性に好かれる好かれない云々とは関係なく、男として、というよりも人間として、それは当たり前の行為なのだから。

実るほど頭を垂れる稲穂かなと、昔の人はうまいことを言った。一流の人間ほど謙虚なものなのである。

Advice to Men

女性に対してどんなに優しくしても、まわりの人に横柄な態度をとっていれば、すぐに女性から幼稚な男と見抜かれる。デリカシーをもった男こそ男の中の男なのだ。

第4章

男が「女の勘」から学ぶべきものとは

肩書きから解放された時間をもつ

わたしはときどきこんなふうに考える。人が裸になるといったい何が残るのか、と。

人は子供から大人へと成長するにつれ、いろいろなものを身につける。とくに男は社会に出てから余計なものをたくさん身にまとってしまうように思う。

会社での地位、名誉、お金（収入）……。そして、もっと質《たち》が悪いのは、地位や名誉を手に入れると同時に生まれてくるプライドだろう。このプライドを守ろうと、人は保守的に、また頑固になる。こうして、人により程度の差こそあれ、男は年齢とともに頑迷固陋《がんめいころう》な人物へと変わっていくのである。

起業家のインタビュー記事を読んでいると、「裸一貫から始めた」という人が多い。起業した当時、つまり「裸一貫」の状態だったときはたいして余計なものは身につけていないだろう。社会的地位もなければ富もない。そういったものがないから守らなければならないプライドもない。

会社を起こしたときに男は思う。「男のプライドにかけても会社を大きくするぞ」と。だから、「プライドがない」というと誤解を生じるかもしれない。しかし、事を成し遂げる前にもっている「プライド」と、社会の中でもまれて身につく「プライド」とは、かなり質の違うものだとわたしは言いたい。

前者は、こうありたいと頭の中に描いた男の理想の姿を守ることを目的としている。あくまでも大きな野心、目標を目の前にして自身を鼓舞し、己の心意気を確認するために「プライド」という言葉を使っているだけだろう。実体のないプライドだから、傷ついたとしても実質的な損害は何もない。

ところが後者は、地位や名誉を得るとともに育てられたものだから、このプライドに傷がつくと地位や名誉に傷がつく。受けるダメージは計り知れないものなのだ。だから、何がなんでも守らなければならないと頑なになる。

「裸のつき合い」などというが、長いつき合いの人であればともかく、ある程度の年齢になると新たにそういう相手を見つけるのはなかなか難しい。冒頭でふれたように、自分だけでなくまわりの人たちも皆、頑迷固陋な人物へと変わっていくからである。

しかし、スポーツクラブの男の風呂場では、文字どおりの「裸のつき合い」が展開されている。風呂に入るのだから当然、皆、裸である。洋服を身につけていなければ、その人の社会的地位を推測しようにも、結びつける材料がない。いくらその男の裸体を観察しても、肩書きを証明するようなものは何一つ見つからない。

肩書きを背中に書いている人はいないから、目に入るのは、腹が出ているとか、日焼けしているとか、体にシワがあるとか、そうした違いだけだ。いくら偉い人でも裸になるとただの太った人、あるいは痩せた人になる。偉いから肌の色つやがいいとはかぎらないし、偉くないから痩せているともかぎらない。

こう考えると、人は洋服や時計、アクセサリーといったものにどれだけ惑わされるかがよくわかる。その人が身につけているものから、無意識のうちに相手の社会的地位を推し量っているように思う。

反対にいうと、裸でいるときは肩書きから完全に解放されるのである。

わたし自身、スポーツクラブで何人かの人と親しく挨拶や言葉を交わす。しかし、互いに相手の肩書きは知らないし、たとえ何かで知る機会があったとしてもそのことを話題にすることはない。そこではいわゆる世間話程度の会話をするだけなのだが、そのひとときに古くからの知人や友人と話しているような安らぎを感じる。

ただ、相手とそれ以上親しくなりたいと考えたことはない。風呂場で裸で話すからこそ、肩書きを気にせずフランクに話ができるのだ。その関係で充分に満足している。

本当の意味での「裸のつき合い」は、もっと深い関係のなかから生まれるものだ。風呂場の中だけの差し障りのないつき合いのなかからは、心の底から感銘しあうような関係は生まれない。しかし、休みの日のくつろぎのひとときを与えてくれる。それも大切な時間だからこの関係はそのまま維持したいと願う。

多分、男はスポーツクラブを心のどこかで本当の社会と切り離して考えている。男にとって本当の社会とは生活を営む場所である。結局、男は仕事から逃れられない。自分を心の底から満たすようなやりがいを感じさせてくれるのは、仕事であり、それを与えてくれる会社である。そのうえ、仕事は生活の糧も与えてくれるのだ。だから、男にとって会社こそ本当の社会であって、スポーツクラブはある意味では実体をもたない虚構の世界のようなものかもしれない。

確かに、男は仕事をしているときは目に見えない鎧《よろい》で体をガードしている。それでも、スポーツクラブでの関係よりも会社でのほうが人間関係が濃密といえるだろう。それは、会社にいるときにいくら鎧で身を固めていたとしても、やはりそこは実体の伴う社会だからだ。また、一緒に過ごす時間も長い。長い時間を共に過ごせば、人間関係はもつれやすい。プライドや頑固さ、肩書きに足をすくわれることもあるだろう。しかし、それらがあるからこそ人間なのだ。そういった数々の摩擦があってこそ、本当の意味での裸のつき合いのできる相手を見つけることができるし、そういう相手と出会ったときに筆舌に尽くしがたい深い人間関係が生まれるのではないだろうか。

ただ、闘争心やプライドなどが入り乱れる会社や仕事でのつき合いは、ストレスが多いのも事実である。だからこそ、スポーツクラブの風呂場でのようなしがらみのないつき合いも大切なのだ。肩書きから解放され、闘争心も影を潜めているから、心からリラックスし安心できる。濃密な関係ではないので、本音をぶつける必要もない。皆で共有している虚構の世界の心地よい空気を乱さないようにしていればよいのである。互いの世界に立ち入らない大人の関係といえるだろう。実質的に役立つようなことが何も生まれないとしても、それはそれで精神的なバランスを保つために大切な時間なのである。

女性同士のつき合い方は、男の風呂場での人間関係によく似ているように思う。女性は年齢とともに、親友といえるようなつき合いはせず、誰とも差し障りなくつき合おうとしているように思える。それは女性に特有のつき合い方といえる。

現代でこそ社会で一定の地位を築いている女性も多いが、かつては皆、家庭中心の生活を送っていた。今でも子育てに従事している間は、どうしても家庭中心になりがちである。そうなると、つき合う相手は近所の人と子供の同級生のお母さんたちが中心となる。こういったなかでの人間関係は、とにかくこじれさせないことが一番の目的となる。

ＰＴＡの誰かとうまくいかなくなれば、子供が肩身の狭い思いをする。近所の人とうまくいかなくなると、家族みんなが居心地の悪い思いをする。そう考えると、うっかり相手との関係をもつれさせてはいけない――そんな防衛本能が働くのは当然かもしれない。

家庭中心の生活を送っている女性が男と違うのは、この差し障りのないつき合いに終始し、それだけですべての人間関係を成り立たせている点だ。そうして、夫婦関係、親子関係に全力を注ぐ。そんな女性たちに、男はもう少し敬意を払ってもいいだろう。

Advice to Men

男は会社という実社会のなかで足場を固める。しかし、定期的に肩書きから解放される時間をもたないと、精神的なバランスを崩す。

初対面の相手とは身近な話から共通点を探る

初対面でいきなり大きなテーマをもちだす男は信用できない。初対面の相手から大テーマを話題として振られたら、思わずその相手を警戒してしまうものだ。

男のなかには何かというと、普通の人が普段考えていないような大きなテーマをもちだしたがる人がいる。昔だと天下国家を論じるようなタイプがそれだ。時代が明治維新のころならばまだわかる。しかし、世は平成なのである。たとえ親しい相手であっても、そういったテーマで議論する人は少数だろう。それなのに、いきなり初対面の相手にそういった議論をもちかけるなど時代錯誤も甚《はなは》だしい。そういう人に会うと、知識をひけらかして自分を大きく見せることで、優位に立とうとしているのではないかと勘ぐりたくなる。

わたしは仕事の打ち合わせに行って、何度か仕事をしたことのある担当者を待っている間、初対面の相手と二人きりになった。そのとき、いきなり彼からこんなふうに尋ねられた。

「赤羽さんのライフワークは何ですか?」

あまりに唐突な質問にわたしは言葉を失った。就職試験の面接官のようなしゃちこばった聞き方で、まるでわたしの技量を推し量っているかのように感じ、不愉快だった。

初対面のその男は、何を話していいかわからず、話のきっかけをつかもうとして、そう尋ねたのかもしれない。しかし、それなら「どんなことに興味をおもちなんですか?」と聞けば済むことだろう。それとも彼は、わたしがいまだに自分のしたいことが見つけられないでいると、本気で思っていたのだろうか。だとしたら、随分失礼な話である。

そもそも気軽に話せるようなテーマでなければ、初対面の相手と話す気にはなれない。誰だって初対面の相手にいきなり本心を話したりはしないだろう。人間関係は身近な話題から共通点を探るところから始まり、話のキャッチボールをして打ち解け、徐々に構築されるものだ。相手との間に一定の信頼関係ができて初めて、人は本心を語るのである。

初対面の人から親しい人との会話にもあまり出てこないような話を振られたら、まずまともには答えない。のらりくらりと質問をかわしながら、まず相手の意見を聞き出し、その男が何のためにこんな話をもちだしたのかを探ろうとするだろう。つまり、心の中にこいつは信用できないという危険信号がともるのだ。

反対にいうと、初対面の人間と二人きりになって話題に困っても、あまり大きなテーマをもちだしてはいけないということだ。

その点、女性は初対面の人とのつき合い方がうまい。メンツにこだわらないせいか、人見知りをしないせいか、とにかく初対面の人とでも、会って三十分もすれば共通の話題を見つけて、すっかり打ち解けてしまうような離れ業を簡単にやってのける。

男のなかには、身近な話題に終始する女性を「そんなちまちましたことばかり考えているからダメなんだ」と決めつける人がいる。しかし、身のまわりにある小さなことこそが大切なのだ。部下の女性の気持ちもわからないような男が、女性について議論するのは滑稽なだけだ。「生きるとは……」などと語る暇があったら、栄養バランスのいい食事でもしたほうがよっぽどちゃんと生きることができる。

現実は実に細々したことで成り立っている。その一つ一つを正しく理解し、かつ正しく対処できることが大切なのである。男も物事の細部に目を向けることを考えたほうがいい。

何かを買うときにも、あらゆる情報を集めて比較検討したほうが、良いものを手に入れられる。幸せを手に入れたいなら、幸せについて考えるよりも、情報を集めて良いものを手に入れる方法を考えよう。良いものを手に入れれば自ずと幸せな気持ちになれる。それは、ある人にとってはケーキかもしれないし、ある人にとっては腕時計かもしれない。どちらにしてもはっきりしているのは、幸せという大きなテーマをいくら考えてみても、それを手中に収めるのは難しい。

手の届かないことについてあれこれ考えるよりも、身近なことの善し悪しを判断して一つ一つものにしていくことが大切なのである。

女性はこうしたことを鋭い勘でつかんでいる。だから、彼女たちは一〇〇円ショップに行っても幸せになれる。

身のまわりのことで多くの人が共感できるような価値観をもっていると、初対面の人ともすぐに打ち解けられる。小さなことこそ、人間関係を構築する際の潤滑油となるのである。

Advice to Men

初対面の人との話題に困ったら、まずは天気の話から始めよう。「ぐずぐずした天気が続きますねぇ」と言って「こう悪天候が続くと釣りにも出かけられない」などと、話が転がればしめたもの。趣味の話を取っかかりにして、互いの理解は自然と深まる。

時代の流行に敏感になると毎日が楽しい

流行と聞いただけで嫌な顔をする男がいる。彼にとっては流行は「低俗なもの」だからだ。「流行に乗せられるのは馬鹿な証拠だ」。そんなふうに言う男もいる。「流行は女子供のもの」と言いきる男もいる。確かに、女性や若い人たちに流行に敏感な人が多い。なかでも若い女性が一番流行に強い関心をもっているのだろう。

わたしは流行というのは娯楽の一つだと思っている。だから、自ら流行に乗って、流行で遊べばいいと思っている。流行は乗せられるものではなく、自分から乗るものなのだとわたしは思っている。

テレビゲームが流行しているなら、「子供の遊びだ」などと斜に構えず、実際にやってみることだ。家族向けのソフトもたくさん出ている。テレビゲームに精通していれば、会社の部下や子供たちとの会話だって弾む。つべこべ言わずにまずはやってみる。すると、意外に楽しかったりする。それを、実際にやりもしないで「あんなくだらないもの」などと否定してしまうのは、いかにも了見が狭い。

ライダースジャケットがはやっているなら、若者のファッションだなどと決めつけず、着てみることだ。すると、暖かくて意外に重宝するかもしれない。真冬でもインナーはＴシャツ一枚で過ごせたりする。もちろん、そんな格好で会社に行くわけにはいかない。しかし、スーツから着替えることでオンとオフの区別がつけられる。洋服を着替えることで、気持ちを切り替えられるのだ。ライダースジャケットを着たおやじも悪くない。流行を楽しんでいるうちに、ジャケットに合わせて、ベルトや靴、ジーンズも欲しくなる。

そうやって遊び心を育てていくことだ。

酒、女、賭け事だけが遊びではない。流行も男にとっての遊びの一つと解釈していい。

女性たちはずっと以前から流行で遊んでいる。それは、女性たちに楽しみたいという欲求が強いからだ。男のように、ストイックな態度を評価しない。だから、彼女たちは流行という遊びに自ら進んで手を出した。流行が自分たちを楽しませてくれるものだと、勘でわかっていたから。

流行のなかでも最も気になるのは、やはり洋服や靴だろう。これらが最も身近で楽しませてくれるものであることは、昔も今も変わらない。昔のハイカラな女学生の流行は、羽織と袴《はかま》に編み上げの靴だった。今ならミニスカートの制服にハイソックスなのだろう。

流行とは時代を映す鏡である。どうして今こんな服装がはやるのかと考えるのも楽しい。

カジュアルな服装にひかれるのは、現代人がストレス社会の中に身をおいているからかもしれない。皆、早いところスーツを脱ぎ捨て、スーツから解放されて楽になりたいと考えている。

わたしが子供のころ（昭和三十年前後）、大人の男性は今でいうオフでも外出するときはスーツ姿だった。ネクタイは外して、ワイシャツの代わりにオープンシャツなどを着ていたが、ズボンと上着は会社に行くときと同じものだったように思う。通勤着が一番上等の洋服だったから、出かけるときもそれを着てシャツだけ替えたのだ。それが当時のカジュアルだった。

現代では、会社に行くときに着ているスーツをオフの日に着る人はまずいない。下はパンツで上はラフなジャケット、あるいはジーンズにジャンバーをはおるといった具合に、仕事着として着るスーツとはまったく異なる崩した装いになる。

それは、現代人が心身ともに疲れているからではないだろうか。疲れた体には背広型のジャケットはいかにも窮屈だ。だから、仕事から心身を解放してくれるような服装でリフレッシュしようとしているのだろう。

こんなふうに、流行にはその時代の人々の気持ちが反映される。今でも流行を「低俗だ」「女子供のものだ」と言い張り、「楽な格好をしていると心までだらしなくなる」とやせ我慢している人は、自分で自分を窮屈に縛りつけていることになる。今は窮屈な世の中だ。精神的に疲れているのは隠せない。頭では「流行なんか」とそっぽを向いていても、体が休息や遊びを求めている。流行のカジュアルな服装を求めているのである。

しかし、流行を頑なに拒み、トラディショナルに徹するという人がいる。トラディショナルとは、伝統的なという意味だ。伝統とは昔から伝わってきた歴史あるものをいい、流行とは急に世間に受け入れられたもので、一般的には歴史のないものが多い。

突然はやりだしたものはチャラチャラしているようで抵抗を感じる男は、トラディショナルなものがいいと言う。女性が流行でキメるなら、男はトラッドでキメようというわけだ。伝統主義者たちはいうまでもなく頑固である。流行には目もくれない。

酒を飲むときは昔風のバーに行く。そこで昔気質《かたぎ》のバーテンのつくったカクテルを飲む。店内には古いジャズが流れている。音源はできればＣＤではなくレコードが望ましい。そういう男たちは洋服ももちろんトラッドショップで買う。そこには、流行などには左右されずに伝統を守り続けてきたスーツやジャケットが売られていると、伝統主義者はかたく信じている。ところが、流行の波はそこにも打ち寄せている。

トラッドショップの人がわたしにそっと言った。「上着の丈が今風に、昔のものよりも短くなっているんですよ」と。それこそ、流行そのものではないか。

現代では、無人島に住む人以外は、何人《なんぴと》も流行とは無縁ではいられない。

伝統主義者が「これぞトラディショナルなジャケットなんだ」と得意げに買っている服が、何のことはないちゃんと流行を取り入れている。伝統主義者たちだって知らず知らずのうちに流行を着せられているわけだ。

そもそもトラッドショップなるものは、トラディショナルなものが流行したからこそできたのだ。しばらく世間から忘れ去られていたものがにわかに脚光を浴びれば、これも一つの「流行」なのである。伝統あるものでも、急に皆の注目を集めるようになれば、それは「流行の波に乗ったもの」なのである。

だから「流行なんて」と悪あがきするのはやめて、どんどん流行を取り入れて遊んだほうがいい。流行を取り入れたからといって、流行に弄《もてあそ》ばれることにはならない。逆に、流行を取り入れることで、今、この時代を存分に生きていると思えるようになるだろう。

自分を楽しませてくれる流行が手の届くところにあるのに、わざわざそれに背を向ける人はただのひねくれ者でしかない。男のプライドにかけても流行なんかに手は出さないなどと言う人がいるが、いったいどんなプライドなのか教えてほしい。

流行の服を着ても、自分自身をきちんともっていれば流行に流されることはない。どんなに流行の服を着ても、あなた自身が変わってしまうことはないのだ。心配することはない。反対に、流行に乗ったからといって自分を見失うようでは困る。もし流行のなかで自分を見失ったとしたら、それは流行を取り入れたことに問題があるわけではない。あなた自身のほかのところに問題がある。流行なんてたかが流行じゃないかと言いつつ、それをたっぷり楽しむくらいの気持ちの余裕が大切なのだ。

少なくとも女性たちは、不安を抱くどころか、流行を存分に取り入れながら人生を謳歌しているのである。

Advice to Men

流行は時代を映す鏡である。流行を取り入れてみると、今という時代を生きているという実感がわいてくる。

ジャンルにこだわらず、好奇心をもつ

興味の幅を思いっきり広げてみると、人生はより充実する。ところが、男の多くは一つのことを極めるのに夢中で、自分の興味のある世界以外のことについてはなおざりにしがちだ。この道一筋の精神を尊び、多趣味の人を器用貧乏などと呼んで貶《おとし》めてしまうのである。

もちろん、マルチタレントになれと言っているのではない。趣味をやたらたくさんもてと言っているわけでもない。誤解しないでもらいたい。ここで言おうとしているのは、もっといろいろなことに好奇心をもってもいいのではないかということ。

男として一つの道を深く掘り下げていくことは、もちろん大切なことだ。もともと男は、女性より一つのことを専門的に追究することが得意である。歴史的に男社会だったからそうなのではなく、男の脳が専門性に関しては女性よりも進んでいるからである。このことについては、ほかの章でもふれてきた。

だから、自分が興味をもった分野について好奇心をもって、もっと掘り下げたいと思うのは当たり前だろう。最近は興味をもってもそれほど深く知ろうとしない男もいるようだが、わたしにはそういう男がいることが不思議でならない。

それはさておき、これまで関心がなかったことに、永遠にそっぽを向きつづけるのではなく、好奇心をもって見直してみてほしい。そうやって目を向けてみると、これまで関心のなかったものから何らかの刺激を得られるかもしれない。まったく関係のない分野から、もともと興味のあった分野に何らかのヒントがもたらされることもある。

たとえばこういうことがある。

わたしはスキーが趣味で始めてから二十年近くがたつが、今でもときどき個人レッスンを受ける。すると、自分ではちゃんと滑っているつもりなのに、いつの間にか悪い癖がついているのをインストラクターから指摘される。そこでわたしはこう考える。自分の文章についても同じことが起きてはいないだろうか？　一〇〇冊近くの本を書いてきたわたしは物書きとして生計を立てている。趣味のスキーなどに比べたら、文章を書く能力はずっと高いレベルにある、と自認している。でも、本当にそうだろうか？　スキーと同じように悪い癖がついていないだろうか？　そういったことに注意して文章を書いたほうがいい。そういえば、わたしはいつもすらすらと文章を書いている。書くのが苦手という人からはそう見えるにちがいない。現在のわたしは文章を書くのにすっかり慣れてしまった。だからこそ、わたしは大事なことを見落としているかもしれない。世阿弥《ぜあみ》の言った「初心忘るべからず」なのだ。

別にこんなふうに考えようとして、スキーの個人レッスンを受けたわけではない。結果として文章のことを考えた。それだけである。しかし、スキーのレッスンが文章を書くことに対する刺激になったのはまちがいない。

専門の仕事をずっと続けていると、しかも経験を積めば積むほど、それに慣れて人は油断するようになる。「俺はこのことについては何でも知っている」という自信をもつ。それ自体は悪いことではないが、大切な何かを忘れているかもしれない。とくに基本を忘れていることが多い。わたしの場合は、誰にでもわかりやすい文章を書いてきたつもりだが、本当に誰にでもわかりやすく書けているのだろうかと自分に再確認したくなった。専門以外のジャンルに興味をもったからこそ、そのことに気づけたのだと思う。

いろいろなことに好奇心を働かせていると、常に何かから刺激を受けられる。

女性はそんなふうにいちいち意識しなくても、さまざまな分野に対して好奇心をもっている。男は好奇心の触手が動く方向がいつも同じ分野に偏りがちである。

若い男が女性を見るとき、彼の好奇心はとくに狭められる。スタイルがいいとか、顔がかわいいとか、バストが豊かとか、それくらいのことにしか興味がわかない。反対に女性が男を見るときは、顔やスタイルはもちろん、それ以外に、生まれや育ち、教養、知性、性格、マナー、情報量、男の友人……など、実にいろいろな面に興味をもつ。その好奇心は男のあらゆる分野にわたって発揮される。それほどの好奇心をもって女性を見る習慣が男にもあれば、トランプのジョーカーのような厄介な女性とかかわりをもたなくて済むはずなのだ。これは冗談だが、少なくとももっと視野を広げられることは確かだろう。

好奇心があればあるほど人生は楽しくなる。それを知ることが何になるのだろうかなどと堅苦しく考えずに、いろんな物事に興味をもてばいい。子供と同じようにすればいいだけだ。好奇心の強い子供は、砂が水を吸収するように、あらゆることを受け入れる。その効用などは考えない。それが楽しいから、そうするだけである。

Advice to Men

女性も子供と同じように好奇心旺盛で、いろいろなことに興味をもつ。つまり、人間のなかで視野が狭いのは、大人の男だけなのである。

男も鏡で自分の姿をチェックする

どこの国だったか忘れてしまったが、太っている警察官には罰金を科すというところがある。太っていなければ捕まえられるような犯人を取り逃がしてしまうから、警察官として職務怠慢だというのである。太った警察官から罰金をとるのだったと思うが、もしかしたら痩せることを上司に約束してそれが守れなかったときは罰金をとる、だったかもしれない。

いずれにせよ、見かけの問題ではなく心構えを問題にしているわけだ。

外見にはその人の内面が表れる。

しかし長い間、日本人の男は外見を軽視してきた。軽く見ていたどころか、「男のくせに外見を気にするなんて女々しい」とまで言ってきたのである。

昔の学生は弊衣破帽《へいいはぼう》といって、ボロボロの学生帽にボロボロの学生服を着るのを良しとした。いわゆるバンカラというやつだ。バンカラのバンは野蛮の蛮、カラはハイカラのカラである。

ハイカラは明治・大正期に生まれた言葉で、当時流行していた西洋風の生活様式や格好をハイカラといった。ハイカラを好む人たちは、日本古来の生活様式を野暮と考えているふしがあった。しかしハイカラは、悪くいえば「西洋かぶれ」ともいえる。

バンカラはハイカラの対語として生まれたもので、日本古来の伝統を守るという骨太な精神をもっていた。バンカラを地でいく男たちには、ハイカラを好む男への反骨精神もあったように思う。そういえば、「ぼろは着てても心は錦」などという文句もあった。

いずれもある意味では、服飾文化と精神文化を結びつけた言葉といえる。

これらの言葉からもわかるように、日本には昔から、男が外見を気遣うことに対する偏見があった。その反動からか、今はやたらに外見を気にする男たちが増えて、男性向けファッション誌なるものがもて囃《はや》されている。人間というのはとかく極端から極端に走りたがるものだ。

それはさておき、外見にはその人の人となりが表れるものだ。

わたしは服装のことだけを言っているのではない。その人の顔つきから体型までを含めて言っている。「体型は生まれつきのものだからしかたないじゃないか」と言う人もいるだろう。しかし、生まれつき太っていたわけではなく、暴飲暴食の結果、肥満体になったという男のほうが多い。だいいち、生まれつきの肥満体質だったとしても、体質は改善できる。なによりも、太っているのは健康的でない。

しかし、以前ある週刊誌で「運動は百害あって一利なし」などと言っている男のコメントを読んだことがある。メタボ（メタボリックシンドローム）まちがいなしといえるほどコロコロと太った人で、どこから見ても百害の塊を抱え込んでいるような男だった。「運動には一利もない」というのは、努力したくない男の言い訳、あるいはダイエットを続けられない三日坊主の男の開き直りでしかない。

すでに亡くなった明治生まれのわたしの父も肥満体だったが、本人は貫禄があっていいと思っていたらしい。太っていないと貧相に見える。昔の人はそんなふうに思って、肥満対策を講じようとしない人が多かった。

しかし、肥満は万病のもとである。

今は健康ブームで、肥満は生活習慣病の大敵だと叫ばれているから、肥満を気にする男たちが増えてきたのも事実である。それにもかかわらず、太っている男がまだまだ多いのは、美味なるものを食すときの刹那《せつな》の快楽への自制がきかないせいからだろう。

しかし、もう一つ大きな理由は、男は自分の姿を鏡でちゃんと見ようとしないからではないかと思うのである。

鏡のない家は普通あり得ないし、温泉にもゴルフのクラブハウスの風呂場にも鏡はある。だから、自分の体型は見ようと思えばいつでも鏡に映して見ることができる。それをしないのは心のどこかで「鏡に映った自分の姿を眺めるなんて女々しいことはできない」と思っているからかもしれない。

そんな男は四の五の言わずに、直ちにスポーツクラブに入会すべきだ。そこには至るところに鏡があるし、体重計もおいてある。行くたびに自分の体型をチェックし、体重を量る習慣がつけば、自分の健康に無関心ではいられなくなる。いい気になって暴飲暴食ばかりしていれば、たちどころに体重が増加するのがつぶさにわかる。そうすれば、なんとかしなければと考えるだろう。事実から目をそらしていると、行動を起こす気にはなかなかなれない。きちんと現実を見つめるべきだろう。

冒頭に書いたように、外見にはその人の内面が表れる。つまり、体型にその男の仕事に対する姿勢が出てしまう。仕事のできる男はいつも精神を張りつめている。もちろん、仕事に支障を来《きた》さないように健康にも気をつけている。緩みないシャープな内面はそのまま肉体にも反映される。だから肥満体にもならない。

肉体と精神は連動しているから、反対に、シャープな体型を保っていることで精神的な緊張を保つこともできる。

男性ファッション誌の数が増えているということは、ファッションに興味をもっている男が増えているはずなのだが、その割には自分の服のサイズへの関心が低い人が多い。スーツをかっこよく着こなしたいと思っているにしては、自分の体型に無頓着すぎる。体型に服を合わせるのではなく服に体型を合わせる。そうしないとスーツをかっこよくは着こなせない。

女性は昔からこれを実践している。

スーツをかっこよく着こなせれば、仕事のできる男に見える。第一印象がよいことは、ビジネスにおいて大切なことだ。初対面の相手を推し量る材料は、まずは外見にあるからだ。

こう考えると、鏡でいつも体型チェックをすることは、できる男の必須条件であることがわかるだろう。

また、服装にはそれを着ている男のセンスが出る。

ビジネスマンの場合は紺系のダークスーツが多いから、センスを出せるのはシャツとネクタイだ。シャツの色とネクタイの柄、それにスーツとのコーディネートが、センスの見せど

ビシッ

ころとなる。

アメリカ大統領は、フォーマルな場面には紺色のスーツに白いシャツ、そこに赤いネクタイを締めてよく登場する。ネクタイの赤はアメリカ人の考える勝負色を意味している。だから、ネクタイだけが浮いてしまい、一般的なコーディネートとしてはお勧めできない。紺色のスーツに白いシャツなら、合わせられるのはせいぜい赤味を帯びた茶系のネクタイがいいところだと思う。あるいは部分的に赤が使われているレジメンタル柄（トラディショナルな斜め縞）をしたほうがいい。

さらに、足元の靴をおろそかにしてはいけない。女性は男を見るとき、意外に男がはいている靴に注目している。ビジネスのときは、紐のある靴をはくのが常識である。紐のない靴ではビジネスではなくなってしまう。つけ加えておくならば、靴はよく磨かれていることがおしゃれの基本である。

なかには「ネクタイは締めてればいいじゃないか」と言いたげな男もいる。スーツとのコーディネートを完全に無視した色やデザインのネクタイをしている男。そんなセンスのない男と一緒に仕事をすることになった相手は、一抹の不安を抱くだろう。そして、もしそのビジネスに小さなトラブルが生じたら、途端に相手の男は後悔の念に駆られるのだ。不安はやはり現実だった、細かいところに気配りのできない大雑把な男だからこんなトラブルが起こってしまったのだ、と。

外見で人格まで判断されているのだと、男たちはもっと知るべきだろう。出かけるときは忘れずに鏡を見る。男にもそれを実行してもらいたい。

Advice to Men

ビジネスを成功させたければ、まず外見を磨くことだ。そして、足元の靴をおろそかにしてはいけない。

頑固さを捨てれば、男も女性のように強くなれる

女性のようにもっと柔軟になろう。

頑固なのはよくない。頑固だと世界が狭まってしまう。もっと違う世界があるのを知らずに一生を過ごしてしまう。いいことは何一つない。

男が頑固なのは、簡単にいってしまうと男がシミュレーションをしたがる生き物だからだ。

ほとんどの男はこんなふうに考える。

「あらかじめ知識を得て納得したい」

「どうしてそうなるのか、理屈や理由を知っておきたい」

「ちゃんと計画を立てたほうがいい」

「こうあるべきだと思う」

など、男はとにかくいろいろと決めたがる。

柔軟と頑固の差は、そっくりそのまま女性と男性が好む本の傾向にも表れている。
女性は男性に比べて、ずっと現実的な本を好む。いろいろなことへの対応法が、具体的に手取り足取り書かれている本を好むのである。なかには夢を綴ったような現実離れした本を好む人もいることはいるが、実用的で、現実に役立つノウハウがぎっしりつまった本のほうがよく売れるらしい。

あるイギリス人の女性に、日本で売れている女性向けの実用書を何冊かあげて、こういった本を英語で何と呼ぶかと聞いてみると、セルフヘルプ・ブックという答えが返ってきた。つまり、自分を助けるための本だ。

一方、男は実際のノウハウよりも知識や理屈がつまった本を好む。だから、自己啓発書の類は好まれる。自己啓発書は能力を向上させる、あるいは成功するための方法を説いたものだが、具体的なノウハウよりも考え方を指南している場合が多い。男が本にノウハウを求めるのは、ゴルフや将棋といった趣味やスポーツの上達法くらいのもので、女性のように異性とのつき合い方や悩みの解決方法までを本から学ぼうとはしない。

女性は現実に自分を助けてくれるセルフヘルプ・ブックを好み、男は納得できる理屈や知識が書かれた本を好む。こうして並べてみると、男と女の好む本にも、それぞれ柔軟と頑固が見え隠れしている。

つまり、女性は本に実際に助けを求めているわけだが、助けを求めるには柔軟な気持ちが必要だろう。「こうあるべきだ」などと自分のカラに閉じこもっている間は、助けを求める気持ちにはならない。さらに、自分を助けるということは、言い換えると自分を変えることでもある。たいがい男は何でも決めつけてしまうから、にっちもさっちも身動きがとれなくなる。決めつけを捨てて、素直にセルフヘルプ・ブックに書かれているとおりにしてみると、意外と簡単に自分を変えることができたりする。

しかし男は、具体的にどうするかよりも、どうしてそうなるかを知りたがる。そして、「なるほどこういうことなのか」とその理由に納得する。納得はするものの、だからといって自分の考え方ややり方を変えようとはしない。本を読むのは理由を知って納得したいからであって、目的はあくまでも知識を得ることにある。その結果、本を読んでも彼の頑固さは一向に変わらない。

しかし、自分を変える必要に迫られることもある。そんなときにも自分を変えられず、頑固に自分の立場を守ろうとすると、道を誤ることになる。

たとえば、会社からリストラをされた場合を考えてみよう。

定年前に会社を辞めさせられた男の再就職がなかなか決まらないのは、彼が過去の栄光を忘れられないからであることが多い。元いた会社での肩書きに未練がある。それは彼のプライドを支えているものでもあろう。しかし過去の栄光に固執《こしつ》する彼は、現実を見ることのできないただの頑固な男でしかない。

再就職をするために必要なのは、柔軟に自分を変えることだ。突然職を失い追いつめられている人には、自分を変える喜びなど味わう余裕はないだろうが、良い結果が得られたら必ず自分を変えてよかったとしみじみ感じるはずだ。

こんなふうに考えればいいだけだ。

「自分は今までの自分とは違う。これから新しい生活が始まる。だから、過去にこだわっても意味がない。それに、とにかく働かなければ収入が得られない。現在の自分には仕事を選《え》り好みする資格はない」

女性は同じような条件下におかれたら、あっさりと過去を捨てられる。未練などもたない。そこのところが、彼女たちが男たちよりも強い所以である。

男が頑固に旧態依然の状態を守りつづけようとする本当の理由は、恐らく自分が変わるのが怖いからだろう。自分を変えてしまったらそれまで築き上げてきたものが崩れてしまうとか、頼るべきものが何もなくなってしまうとか、男はそういう不安でいっぱいになる。そして、現実に一歩踏み出すのを躊躇する。

「変わる」という言葉を聞いた男のほとんどは、反射的に悪いほうに変わることをイメージしてしまう。良いほうに変わるかもしれないのに、まず悪いことのほうが頭に浮かぶ。だから、現状にしがみつきたくなるのだろう。

男は女性に比べて環境の変化にとても弱い。一般的に、女性よりも順応性の点で劣っている。しかし、考え方一つで何事にも抵抗はなくなるし、自分自身を変えることもできるものだ。考え方が柔軟になればなるほど、勘も冴えてくる。男でも鋭い勘をもつことは充分に可能である。勘が冴えてくれば、自分を変えるときにも大いに役に立つ。

柔軟になるとは流れに逆らわないことでもある。流れに身を任せていれば自然にどこかの岸に着く。そんなふうに気楽に考えればいい。

Advice to Men

理論武装を解除して流れに身を任せてみると、勘が冴えてくるのがわかる。勘を磨くには、まず柔軟な考え方を身につけることだ。

PHP新書
PHP INTERFACE
http://www.php.co.jp/

赤羽建美［あかばね・たつみ］

1944年東京生まれ。早稲田大学第一文学部卒業。私立高校国語講師を経て、集英社に入社、『週刊プレイボーイ』編集部に在籍。その後フリーカメラマン、フリーライターなどを経て、主婦の友社に入社。少女雑誌『ギャルズライフ』編集長に。のち執筆活動に入り、「住宅」で『文學界』新人賞を受賞。現在は作家として活躍し、とくに女性向け自己啓発書に対する評価が高い。
おもな著書に『なぜか好かれる女性50のルール』『ずっと「一緒にいたい女性」38の魅力』（以上、三笠書房・知的生きかた文庫）、『男が女に、女が男に聞きたい50の質問』（三笠書房・王様文庫）、『きもちリセット』（ＰＨＰ文庫）などがある。

「女の勘」はなぜ鋭いのか　PHP新書530

二〇〇八年六月二十七日　第一版第一刷

著者――赤羽建美
発行者――江口克彦
発行所――ＰＨＰ研究所
東京本部――〒102-8331 千代田区三番町3-10
新書出版部☎03-3239-6298（編集）
普及一部☎03-3239-6233（販売）
京都本部――〒601-8411 京都市南区西九条北ノ内町11
制作協力 組版――編集工房Ｑ
装幀者――芦澤泰偉＋児崎雅淑
印刷所 製本所――図書印刷株式会社

ISBN978-4-569-70157-8

ＰＨＰ新書刊行にあたって

「繁栄を通じて平和と幸福を」(PEACE and HAPPINESS through PROSPERITY)の願いのもと、ＰＨＰ研究所が創設されて今年で五十周年を迎えます。その歩みは、日本人が先の戦争を乗り越え、並々ならぬ努力を続けて、今日の繁栄を築き上げてきた軌跡に重なります。

しかし、平和で豊かな生活を手にした現在、多くの日本人は、自分が何のために生きているのか、どのように生きていきたいのかを、見失いつつあるように思われます。そして、その間にも、日本国内や世界のみならず地球規模での大きな変化が日々生起し、解決すべき問題となって私たちのもとに押し寄せてきます。

このような時代に人生の確かな価値を見出し、生きる喜びに満ちあふれた社会を実現するために、いま何が求められているのでしょうか。それは、先達が培ってきた知恵を紡ぎ直すこと、その上で自分たち一人一人がおかれた現実と進むべき未来について丹念に考えていくこと以外にはありません。

その営みは、単なる知識に終わらない深い思索へ、そしてよく生きるための哲学への旅でもあります。弊所が創設五十周年を迎えましたのを機に、ＰＨＰ新書を創刊し、この新たな旅を読者と共に歩んでいきたいと思っています。多くの読者の共感と支援を心よりお願いいたします。

一九九六年十月

ＰＨＰ研究所